Das tolle Trio
jagt den Salamander

Zimmermann & Zimmermann

Das tolle Trio jagt den Salamander

Mit Illustrationen

von Karoline Kehr

Thienemann

1

»Hast du endlich die Hausaufgaben fertig?« Mama streckte den Kopf zur Tür herein. Ich murmelte etwas und beugte mich über mein Matheheft, bis Mama mit einem viel sagenden Räuspern wieder verschwand. Dann holte ich den Fahrradkatalog hervor, den ich an diesem Tag bestimmt schon zehnmal angeschaut hatte. Auf Seite sieben war mein Traumrad: ein dunkelblaues Mountainbike mit allen Schikanen, für stolze zwölfhundert Mark. Ganz schön viel, dachte ich.

Aber ich hatte ja eine Menge Geld auf dem Sparbuch, meinen Anteil an der Belohnung, die wir für unsere erfolgreiche Detektivarbeit in Bayrisch-Grön bekommen hatten. Sogar in der Zeitung hatte ein Artikel über uns gestanden, unter der Überschrift: »Das tolle Trio fängt den Hamster«. Das tolle Trio, das waren meine Schwester Eva-Maria, genannt Ev, Cousin Heinzi und ich. Die Eltern hatten für ein paar Monate beruflich in Afrika zu tun gehabt, und Ev und ich mussten solange zu Tante Sabine und Heinzi nach Bayrisch-Grön. Papa hatte den Job in Afrika nur angenommen, weil er hoffte, später als Archäologe leichter Arbeit zu finden. Das stellte sich leider als Trugschluss heraus, und so fing er wieder an Taxi zu fahren, wie er es früher getan hatte. Inzwischen war überhaupt alles wieder wie früher: die langweilige Schule, die Geldsorgen, die Streitereien, und so weiter.

Sobald ich den Katalog in meinen Händen hielt, war der Alltag weit weg. Ich träumte von diesem Super-Fahrrad, bis mich lautes Geschirrklappern aus dem Esszimmer daran erinnerte, dass es gleich Abendbrot gab und ich immer noch nicht mit meinen Hausaufgaben fertig war.

Mir war es schon seit einiger Zeit aufgefallen und jetzt bemerkte es auch Mama: »Ich weiß gar nicht, was die Frau Kleinschmitt hat«, seufzte sie beim Abendbrot. »Die guckt in letzter Zeit so merkwürdig, als ob ihr was nicht passt!«

Papa lachte kurz auf: »Meine Liebe, unsere Vermieterin guckt immer verbiestert. Ich glaube, sie ist einfach unzufrieden. Klar, wenn man den ganzen Tag nur putzt und mit den Nachbarn tratscht. Mach dir mal keine Sorgen! Die Kleinschmitt kann uns gar nichts. Wir bezahlen pünktlich unsere Miete und machen nicht mehr Dreck und Lärm als andere Mieter. Jetzt lass uns das Abendbrot genießen.«

Oje, Lärm und Dreck hatte Papa gesagt. Siedend heiß fiel mir ein, dass ich neulich mit dem Lederball im Wohnzimmer dribbeln geübt hatte. Der Sportlehrer hatte mir dringend empfohlen meine Technik zu verbessern. Meine Spielweise sei nämlich eine echte Zumutung für die Klassenmannschaft. Na ja, und weil es draußen in Strömen regnete und am nächsten Tag ein wichtiges Turnier stattfinden sollte, habe ich eben geübt – im Wohnzimmer.

Schließlich sagen Mama und Papa immer, für die Schule müsse man einiges investieren. Pech war nur, dass die olle Kleinschmitt wohl gerade ihr Kaffeekränzchen abhielt, und so standen schließlich vier empörte ältere Damen vor unserer Wohnungstür. Ob wir vorhätten, mit diesem Lärm das ganze Haus zum Einsturz zu bringen, wollte die Kleinschmitt von Ev wissen, die die Tür geöffnet hatte. Und dann meinte sie noch zu ihren Klatschtanten, so sei das, wenn die Kinder allein zu Hause seien und der Vater keinen ordentlichen Beruf habe. Ev und ich streckten ihr noch schnell die Zunge raus, als sie die Treppe hinuntertrampelte. Natürlich erzählten wir den Eltern nichts von diesem Vorfall, aber ein schlechtes Gewissen hatte ich schon. Verflixt, vielleicht hatte sich die Kleinschmitt bei Mama beschwert, überlegte ich mir.

»David, was ist denn los? Hast du keinen Hunger? Wird der Junge vielleicht krank?« Mama war ernstlich besorgt und legte mir die Hand auf die Stirn. »Nein, Fieber hast du keins«, stellte sie beruhigt fest. »Dann kannst du vielleicht mal den Tisch abräumen.«

Typisch, kaum merkt sie, dass ich gesund bin, schon muss ich was arbeiten.

»Eigentlich ist heute Ev dran«, protestierte ich noch, aber Mama hatte mich schon in die Küche geschoben.

»Auch Jungen müssen Hausarbeit machen«, belehrte sie mich, als sie mir das Tablett in die Hand drückte, »deine zukünftige Frau wird mir dafür dankbar sein.«

Na prima! Dieses Argument kam immer, wenn ich in der Küche helfen musste. Ev, die das sicher besser gekonnt hätte, musste dafür Papa zur Hand gehen, wenn am Taxi was zu machen war, zum Beispiel Reifen wechseln. Wahrscheinlich wird ihr zukünftiger Ehemann darüber sehr froh sein, dachte ich. Sie kann ihm dann statt eines Mittagessens einen gewechselten Reifen servieren.

Mama riss mich aus meinen Gedanken. »Außerdem könntest du mal das Altpapier aus dem Wohnzimmer entfernen. Du hast schließlich gestern damit gebastelt.«

Ev hatte sich mittlerweile still und heimlich in ihr Zimmer verzogen. Sie wusste genau, wann man Mama besser nicht unter die Augen kam.

Im Wohnzimmer sah es schlimm aus, das muss ich zugeben. Weil in meinem Zimmer die Eisenbahn aufgebaut war, hatte ich meine Bastelaktion aus Platzgründen ins Wohnzimmer verlagert. Ich wollte aus Pappmaschee ganz tolle Sachen basteln – Aschenbecher, Vasen und Blumentöpfe. Das wären dann prima Geburtstagsgeschenke gewesen, und billige noch dazu.

Aber leider stellte sich heraus, dass die Anleitung aus dem Bastelbuch doch nicht so einfach war, wie ich mir das vorgestellt hatte, und so hatte ich schließlich meine Arbeit unterbrochen.

Vielleicht, überlegte ich, als ich den Berg von Altpapier missmutig musterte, sollte ich mich doch nach anderen Geburtstagsgeschenken umsehen. Blumen zu pressen ist auch ganz schön und vor allem nicht teuer. Blumen wachsen ja überall. Notfalls könnte ich auch aus dem Garten der Kleinschmitt ...

Und dann fiel mir eine Sonderbeilage unserer Tageszeitung in die Hände: ein Heft zum Thema »Rund ums Fahrrad«. Zuerst wollte ich es achtlos zu den anderen

Zeitungen legen, aber es rutschte mir zweimal vom Stapel, den ich mittlerweile auf dem Tisch aufgetürmt hatte. Also sah ich mir das Heft genauer an. Interessant! Mit einem Fahrrad konnte man ja Geld verdienen, zum Beispiel als Fahrradkurier. Dieses Argument hatte mir gefehlt. Natürlich brauchte man dazu schon ein ordentliches Rad, am besten das von Seite sieben des Fahrradkatalogs. Das sah einfach super aus und hatte alle technischen Schikanen – Hydraulikbremse, Rahmenfederung, Scheimanno 21-Gang-Schaltung, und ... und ... und ...

Mit diesem Rad in den Schulhof einzubiegen, das müsste ein tolles Gefühl sein. Nachmittags könnte ich ja als Radkurier arbeiten. Dann wäre ich viel an der frischen Luft und würde die Eltern mit meinem Verdienst auch noch unterstützen können. Oder ich könnte mir vielleicht die Tischtennisplatte kaufen, die ich wieder mal nicht zum Geburtstag bekommen hatte.

Ich sah mich schon auf dem schicken Renner sitzen. Jetzt musste ich nur noch die Eltern davon überzeugen! Ich räumte das Wohnzimmer gründlich auf, holte den Staubsauger und saugte das ganze Zimmer, auch die Ecken, in die sich Mama nicht getraut, weil sie dort Spinnen vermutet.

Was könnte ich außerdem noch tun? Gute Schulleistungen wirken immer, dachte ich, unterstrich in meinem Matheheft alle Ergebnisse doppelt und legte das Heft so auf den Tisch, dass es auch ein Blinder sehen musste.

Dann setzte ich mich freiwillig ans Klavier. Als ich zwanzig Minuten geübt hatte, standen Mama und Papa ziemlich fassungslos an der Wohnzimmertür.

»David, hast du was ausgefressen?«, wollte Papa wissen.

Ich sah ihn mit Unschuldsmiene an.

»Dein Verhalten ist doch nicht normal. Sonst muss man dich um alles zehnmal bitten und heute ...« Auch Mama war ratlos.

»Ich weiß, was los ist!« Ev lümmelte sich aufs Sofa und guckte sich triumphierend um. »David hat nämlich mit dem Fußball im Wohnzimmer ...«

Diese alte Petze! Ich erzähle den Eltern gleich, dass sie sich in der großen Pause immer mit ihrem Schwarm Lars trifft. Aber bevor Ev noch weitererzählen konnte, klingelte das Telefon.

Wie der Blitz war meine Schwester aufgesprungen. Bestimmt wartete sie auf einen Anruf von Lars. So, wie Ev jetzt ins Telefon flötete, konnte es sich nur um ihn handeln. Mama und Papa bekamen ganz lange Ohren, bis es Ev schließlich gelang das Telefon in ihr Zimmer zu bringen. Geräuschvoll schloss sie die Tür, und dann war ich wieder allein mit den Eltern.

»Ja, was sagten wir gerade?«, wollte Papa wissen.

Das war die Chance für mich. Blitzschnell holte ich den Fahrradkatalog und hielt ihn Papa unter die Nase. »Hier schau mal, ist das nicht super?«

Papa war schwer beeindruckt. »So eins hätte ich auch gern, damit kann man ja tolle Touren machen. Oder das hier!« Interessiert blätterte er den Katalog durch.

Jetzt musste ich ihn wieder zum eigentlichen Thema bringen. »Meine letzte Mathe-Arbeit war doch ganz prima«, fing ich an. Mama runzelte die Stirn. »Na ja, dass eine Drei-bis-Vier eine prima Note ist, finde ich nicht gerade. Hättest du mehr geübt, dann …«

Eine Diskussion über meine Arbeitseinstellung fehlte mir gerade noch. Papa verteidigte mich: »Der Klassendurchschnitt war eine Vier, wenn ich mich richtig erinnere. So gesehen, ist die Note von David ordentlich; da hat er schon Recht.«

Im Nu waren Papa und Mama sich in die Haare geraten. Mama warf Papa vor, er unterstütze meine Faulheit, und überhaupt, wie solle mit solchen Noten je was aus mir werden. Papa entgegnete, manche Kinder würden halt länger brauchen, und ich sei so ein Kind. Auch Albert Einstein sei kein guter Schüler gewesen.

Das machte mir diesen Albert sympathisch, vielleicht konnte ich den mal kennen lernen. Mama schien von diesem Argument beeindruckt zu sein. Sie sagte jedenfalls nichts mehr.

Leider machte ich jetzt einen strategischen Fehler. Anstatt das Thema bis zu einem günstigeren Zeitpunkt aufzuschieben, platzte ich damit heraus: »Ich möchte mir gern das Fahrrad auf Seite sieben kaufen. Von meinem Geld auf dem Sparbuch. Bitte, Mama, Papa, darf ich? Ich könnte dann nämlich als Fahrradkurier arbeiten. Hier, in dieser Sonderbeilage steht, dass Radkuriere Zukunft haben.« Dabei sah ich die beiden erwartungsvoll an.

Papa zuckte unschlüssig mit den Schultern. »Ja, ich weiß nicht«, wandte er sich an Mama. »Was meinst du denn dazu? Eigentlich ist es ja sein Geld, und warum sollte er sich nicht mal so einen Wunsch erfüllen? Das Rad scheint gute Qualität zu sein.«

Danke Papa, dachte ich, ich lass dich auch ganz bestimmt mal damit fahren.

Mama hatte die Arme vor der Brust verschränkt und marschierte im Wohnzimmer auf und ab. »Fahrradkurier? Sag mal David, was soll der Quatsch? Wenn du was arbeiten willst, dann tu was für die Schule und hilf hier im Haushalt!«

»Aber ihr sagt doch immer, dass wir uns ruhig selbst was dazu verdienen sollen.«

Mama ignorierte meinen Einwand völlig. Sie wandte sich an Papa. »Das Geld, das David auf seinem Sparbuch hat, ist für später. Schließlich wissen wir nicht, welche Ausgaben noch auf uns zukommen. Wir brauchen einen Notgroschen. Ein Mountainbike ist eine reine Modesache. Außerdem hat David schon ein Fahrrad und wir sind schließlich keine Millionäre.«

»Leider«, grinste Papa, machte aber sofort wieder ein ernstes Gesicht, als er Mamas Miene sah.

»Aber mein Fahrrad habe ich von Ev geerbt, und Ev hat's von Mama bekommen, und die hat es auch schon gebraucht gekauft«, warf ich ein.

Mama sah mich streng an. »Na und? Es hat zwei Räder und fährt. Was willst du mehr?«

Ich wusste schon, was ich mehr wollte. Ich wollte das Mountainbike von Seite sieben und nichts anderes. Mit meinem alten Rad traute ich mich ja kaum noch auf die Straße. Neulich hatte ich gehört, wie Andreas spottete, als ich mich mit dem verrosteten Schloss an meinem Fahrrad abplagte. »Du brauchst deinen Drahtesel nicht abzuschließen. Den klaut sowieso keiner mehr. Oder hast du Angst, die Männer vom Sperrmüll nehmen ihn mit?«

Aber hätte ich das Mama erzählt, dann wäre wieder mal eine Predigt über »Wegwerfgesellschaft« und so fällig gewesen. Ich kannte das schon und war deshalb lieber ruhig. Nur schade, dass ich mir völlig umsonst die ganze Mühe mit Hausaufgaben, Putzen und Klavier spielen gemacht hatte.

Meine schlechte Stimmung hielt die ganze Woche an. Eigentlich hätte ich jeden Tag zum Badesee fahren können. Wenn ich bloß ein anderes Rad gehabt hätte! Langsam hatte ich den Eindruck, alle aus meiner Klasse besäßen neue Räder und ich wäre der einzige, der mit solch einem alten Ding herumfahren musste.

Mama zeigte überhaupt kein Mitleid, als ich ein paar Tage später noch mal mit diesem Thema anfing.

»Ich muss auch meine alten Sachen auftragen«, meinte sie nur. »Und wenn du unbedingt Geld verdienen möchtest, dann frag doch mal bei Frau Kleinschmitt, vielleicht hat sie was zu tun für dich!«

Diese blöde Kuh! Zu der würde ich bestimmt nicht gehen.

Papa wäre leichter zu überzeugen gewesen, aber ohne Mamas Zustimmung waren alle Versuche zwecklos, und so rannte ich mit frustrierter Miene in der Gegend herum.

Ich war froh, als das Wetter plötzlich umschlug und ein heftiger Herbststurm aufkam. Jetzt mussten meine Klassenkameraden wenigstens ihre schicken Räder zu Hause lassen und wieder zu Fuß gehen wie ich auch.

Als ich am Mittwoch von der Schule kam, stand ein Möbelwagen vor der Tür.

»Oh, ziehen wir vielleicht aus?«, staunte Ev, die ebenfalls gerade nach Hause kam. Aber hier zog niemand aus. Hier zog jemand ein. Möbelstücke wurden ausgeladen und standen einsam auf dem Bürgersteig vor dem Haus, sodass man kaum noch vorbeikam.

Mama und Papa saßen am Esstisch und wussten von nichts. Ein großes Rätselraten begann. Schließlich schlich sich Papa ans Fenster und versuchte unauffällig herauszufinden, wem diese Möbel gehörten.

Er zuckte ganz ertappt zusammen, als es plötzlich Sturm klingelte an unserer Haustür. Ich rannte los und öffnete. Vor mir stand ein Mann im blauen Overall und machte ein mürrisches Gesicht. »Also, was ist jetzt, wo sollen die Sachen hin?«, wollte er wissen.

Mama war inzwischen auch an die Tür gekommen. »Was wollen Sie denn überhaupt? Wir haben mit den Sachen dort unten nichts zu tun. Hier muss ein Irrtum vorliegen!«

Der Mann sah sie böse an. »Jetzt hören Sie mal her, junge Frau, ich kann ja wohl noch lesen.« Er zog einen zerknitterten Zettel aus seiner Brusttasche, setzte seine Brille auf und hielt Mama den Zettel vor die Nase. »Ist das hier richtig oder nicht?«

Mama konnte nur nicken. »Ja schon, das stimmt, aber …«

»Nichts aber! Ich muss die Sachen hier abliefern, und jetzt ist niemand da. Unterschreiben Sie hier für Kleinschmitt. Dann kann ich endlich weiter.«

Jetzt kam auch noch Papa. »Wir können doch nicht einfach unterschreiben«, meinte er besorgt. »Was ist, wenn die Möbel dort unten vielleicht beschädigt werden oder wegkommen? Außerdem ist Frau Kleinschmitt doch komplett eingerichtet.«

Mama trat ihm leicht auf den Fuß. »Ich glaube, das geht schon in Ordnung«, sagte sie mit einem reizenden Lächeln und unterschrieb. Dann holte sie ihren Geldbeutel und gab dem Mann noch zwei Mark Trinkgeld.

Papa staunte nur noch. »Sag mal, meine Liebe«, erkundigte er sich vorsichtig, als wir alle wieder am Tisch saßen, »weißt du, was du da tust? Sonst kannst du doch die Kleinschmitt auch nicht leiden, und jetzt ...«

»Und jetzt werdet ihr die Möbel von der Straße räumen und ins Treppenhaus schleppen!«, ordnete sie an.

»Wie bitte?«, fragte Papa entgeistert. »Die Möbel von dieser ... dieser Kleinschmitt soll ich schleppen? Nein, danke! Denk bitte dran, welchen Zirkus sie immer macht, wenn wir die Treppe mal nicht so sauber gewischt haben. Neulich hat sie uns fünf Krümel vor die Tür gefegt, die sollten angeblich von unseren Kindern stammen. Und jetzt soll ich der die Möbel schleppen? Nein!«

Mama lächelte nur. »Überleg mal! Wenn wir ihr helfen, dann wird sie in Zukunft auch freundlicher sein. Du weißt doch, wie schwierig es heutzutage ist eine Wohnung zu finden. Hier wohnen wir immerhin recht billig.«

Papa seufzte einmal tief auf, schob sich noch einen Löffel Spaghetti in den Mund und klopfte mir auf die Schulter. »Komm«, sagte er kauend, »wir Männer müssen wohl ran.«

Auf dem Bürgersteig stand die Einrichtung für ein ganzes Zimmer: Bett, Schrank, Tisch, Stühle und acht Umzugskartons. Davor standen wir und sahen uns ratlos an.

»Mama hat schon Recht«, murmelte Papa schließlich. »Wenn wir was für die Kleinschmitt tun, dann tut sie vielleicht auch was für uns. Und du kriegst von ihr ein Extra-Taschengeld. Für dein Fahrrad!«

So schleppten wir Möbel, bis alle Sachen vor Frau Kleinschmitts Eingangstür standen. Wahrscheinlich kommt sie kaum durch, freute ich mich, kugelrund wie die ist.

Wir hatten gerade den letzten Karton auf den Schreibtisch gehievt und Papa war völlig durchgeschwitzt, als die Haustür unten aufgeschlossen wurde. Frau Kleinschmitt kam. Sie staunte nicht schlecht, als sie Papa und mich sah. »Ja wo ist denn der Möbelpacker, der Herr Lauinger?«, wollte sie wissen. »Wir hatten halb zwei ausgemacht, und das ist es jetzt!«

Mama war die Treppe heruntergekommen und erzählte Frau Kleinschmitt, dass dieser Herr Lauinger alle Möbel einfach auf dem Bürgersteig abgestellt hatte. Aber Papa und ich hätten in einer schnellen Aktion angepackt und die Möbel ins Haus geschleppt.

Wenn sie aber gehofft hatte Frau Kleinschmitt damit zu beeindrucken, dann hatte sie sich getäuscht. Die Kleinschmitt murmelte etwas, das so klang wie »Na ja«, und dann meinte sie, wenn wir schon dabei wären, könnten wir die Sachen ja gleich hoch ins Dachzimmer bringen.

Papa wollte protestieren, aber Mama kam ihm zuvor. »Sicher, Frau Kleinschmitt, das machen die beiden doch.«

Die nächste Stunde verbrachten wir damit, die Möbel in die Dachkammer zu schleppen. Frau Kleinschmitt tänzelte dabei um uns herum und traf blödsinnige Anordnungen. Ihre Hauptsorge galt der Tapete. Dabei war die so alt, dass man kaum noch ein Muster erkennen konnte. Bei den Umzugskartons gebärdete sich unsere Vermieterin, als trügen wir die Kronjuwelen der Königin von England die Treppe hinauf. Kurzum, es war echter Stress.

Auf die Dachkammer hatten wir früher mal ein Auge geworfen. »Das wäre das ideale Arbeitszimmer für Papa«, meinte Mama. »Er könnte dort oben in Ruhe eine Doktorarbeit schreiben, und dann würde er sicher einen Job kriegen.«

Aber alle Versuche, die Dachkammer von Frau Kleinschmitt zu mieten, waren vergeblich. »Ich brauche den Raum für meine Wintersachen und die Weihnachtskrippe«, behauptete sie. Dabei hatte sie doch ihre Fünf-Zimmer-Wohnung. Und gleichzeitig konnte sie ja nicht in allen Zimmern sein.

Ein bisschen traurig schaute Papa schon, als wir die Möbel in die Dachkammer geschleppt hatten. Wahrscheinlich stellte er sich vor, wie schön es wäre, wenn er selbst dort einziehen könnte.

»Uff!«, meinte er, als wir völlig geschafft die Treppe hinunterstiegen. »Jetzt bin ich aber gespannt.«

Frau Kleinschmitt hatte nämlich gemeint, wir sollten nachher noch vorbeikommen, sie wollte »sich erkenntlich zeigen«.

»Sag mal, Papa, was heißt ›sich erkenntlich zeigen‹?«, fragte ich neugierig.

»Na ja, das heißt, dass wir das nicht ganz umsonst gemacht haben«, erklärte Papa. »Aber bei Frau Kleinschmitt weiß man ja nie genau.«

Kurze Zeit später saßen wir in Frau Kleinschmitts Wohnzimmer. Nach einem Blick auf meine Jeans hatte sie noch schnell eine alte Decke auf das Sofa gelegt. Jetzt kramte sie schon mindestens zehn Minuten lang in der Küche herum. Wahrscheinlich suchte sie irgendwas, womit sie sich »erkenntlich zeigen« konnte. Mir wären ja ein paar Mark am liebsten gewesen, aber sagen konnte ich das natürlich nicht.

Mit einer großen Plastiktüte kam sie zurück. »Ich hab hier eine Kleinigkeit für Sie«, meinte sie, als sie Papa die Tüte in die Hand drückte. »Sie können's sicherlich gebrauchen.«

Papa murmelte ein Dankeschön und sah mich an. Also lächelte ich und sagte brav: »Vielen Dank, Frau Kleinschmitt.«

Wir wollten gerade aufstehen und gehen, als Frau Kleinschmitt sagte: »Übrigens, mein Neffe Herbert zieht demnächst hier ein. Vorübergehend erst mal in die Dachkammer. Aber wir brauchen dann bald Ihre Wohnung. Die Kündigung kriegen Sie noch schriftlich.«

Ich weiß nicht mehr genau, wie Papa und ich in unsere Wohnung zurückkamen, so schockiert waren wir.

Mama nahm uns die Plastiktüte ab, die ihr Papa entgegenstreckte. »Lass mal sehen, was euch die Kleinschmitt Schönes eingepackt hat«, sagte sie. Ihr Gesicht wurde immer länger, als sie einen in Folie verschweißten Kuchen herausholte. Kritisch sah sie auf die Packung. Dann schüttelte sie energisch den Kopf. »Haltbarkeitsdatum um sechs Monate überschritten. Das ist ja mal wieder typisch. Wahrscheinlich denkt sie, dass er für uns noch gut genug ist.« Entschlossen beförderte sie den Kuchen in den Mülleimer.

Dann erst fielen ihr unsere betretenen Mienen auf. »Was habt ihr denn? Jetzt guckt nicht so, vielleicht hatte sie ihre Brille nicht auf und hat es einfach nicht bemerkt. Das kann doch jedem mal passieren. Außerdem sind wir nicht auf den Kuchen der Kleinschmitt angewiesen.«

Papa räusperte sich. »Ja, hm, es geht auch um eine Art Haltbarkeitsdatum!«

»Wie meinst du das? Kannst du dich mal ein bisschen deutlicher ausdrücken?« Mama war sichtlich genervt, als sie sah, wie Papa herumdruckste. »Hat David wieder was angestellt?«

Typisch, die Frage musste ja kommen. Dabei war es doch die Kleinschmitt, die was anstellte mit ihrer Kündigung.

Papa hatte es immer noch nicht fertig gebracht Mama die Wahrheit zu sagen. Ich schluckte zweimal und verkündete dann mit heiserer Stimme: »Der Neffe von der Kleinschmitt zieht ins Dachgeschoss, aber nur für eine Weile. Dann zieht er in unsere Wohnung.«

Mama lachte ungläubig. »Na, da haben wir auch noch ein Wörtchen mitzureden. Von einem Untermieter war nie die Rede. Wir haben ja kaum genug Platz für uns. Und jetzt noch der Neffe, also nein.« Sie schüttelte energisch den Kopf. »Auf was für Ideen die Kleinschmitt kommt. Soll sie doch den Neffen bei sich aufnehmen!«

Arme Mama! Sie hatte leider nicht ganz verstanden, was wirklich los war. Papa legte behutsam den Arm um sie. »Sieh mal, wir wohnen ja nur zur Miete hier. Und wenn Frau Kleinschmitt Eigenbedarf anmeldet, dann kann sie uns jederzeit kündigen.«

»Wie bitte?« Mama starrte ihn entsetzt an. »Sag das noch mal! Heißt das, die Kleinschmitt will uns die Wohnung kündigen?«

»Sie will nicht nur, sie hat es schon gemacht«, erklärte Papa. »Mündlich wenigstens, die schriftliche Kündigung folgt wohl noch.«

Einen Moment lang war es ganz still in der Wohnung. Dann legte Mama los. »Das darf doch nicht wahr sein!«, brüllte sie. Unser Kater verzog sich schleunigst unters Sofa. »Da helfen wir ihr unter Aufbietung aller Kräfte ihre ollen Möbel hochzuschleppen, zum Dank will sie uns mit altem Kuchen vergiften und als Krönung des Ganzen bekommen wir dann noch die Kündigung.«

Ev öffnete vorsichtig ihre Zimmertür. »Was hat Mama denn? Und wer wird vergiftet und wem wird gekündigt?«, fragte sie interessiert. »Papa, kannst du mir mal zehn Mark geben, ich …«

Es hätte mich ja schon interessiert, wofür Ev zehn Mark brauchte, aber Mama unterbrach sie. »Wisst ihr, was das heißt, wenn uns gekündigt wird?«, schluchzte sie. »Es ist zwar manchmal ziemlich unangenehm mit der Kleinschmitt unter einem Dach zu wohnen, aber immerhin ist es wenigstens billig. Und als Taxifahrer und arbeitslose Archäologen können wir uns einfach keine andere Wohnung leisten.«

Papa nickte betreten. »Oh Gott, ich muss los, mein Taxi wartet«, murmelte er und kramte auf der Anrichte nach dem Schlüssel. Ich sah mein Fahrrad in noch weitere Ferne entschwinden und Ev sagte vorsichtshalber auch nichts mehr von ihren zehn Mark.

Der Tag verlief in ziemlich gedrückter Stimmung. Eigentlich hätte ich Klavierstunde gehabt, aber da keiner daran dachte, vergaß ich es rein zufällig auch. Das war der einzige Lichtblick.

Tags darauf war Papas Laune wieder gestiegen. »Es wird nichts so heiß gegessen, wie es gekocht wird. Vielleicht überlegt sich's die Kleinschmitt ja wieder. Immerhin haben wir unsere Miete pünktlich bezahlt. Hilfsbereit sind wir auch, und wenn die Kinder etwas leiser und noch freundlicher zu ihr sind, dann …«

Mama verdrehte nur die Augen. »Von mir aus können die Kinder jetzt so viel Lärm machen, wie sie wollen. Ich werde jedenfalls nicht mehr schimpfen.«

Ev und ich blickten uns erfreut an. Das sah ja direkt nach einem Freibrief aus. Ich testete die neue Lage gleich mal. »Du meinst, wir können der Kleinschitt ruhig auf dem Kopf herumtrampeln?« Normalerweise hätte Mama mich sofort verbessert: »Kleinschitt, also nein, so eine Ausdrucksweise«, aber jetzt sagte sie nichts dazu.

Papa sah ziemlich ratlos aus. »Vielleicht sollte ich mal die Wohnungsangebote in der Zeitung prüfen«, meinte er schließlich.

Freiwillig räumten Ev und ich den Tisch ab. Manchmal muss man die Eltern einfach unterstützen.

2

Als ich am nächsten Tag aus der Schule kam, saßen Mama und Papa mit ziemlich langen Gesichtern am Esstisch in der Küche. Gekocht war auch nichts; das hatte ich mit einem Blick erkannt. Ich holte mir ein Müsli aus dem Vorratsschrank und wollte mich gerade in mein Zimmer verziehen, da klingelte es an der Wohnungstür. Und dann war auch schon die schrille Stimme von Frau Kleinschmitt zu hören.

Ich öffnete die Tür, was gar nicht einfach war, weil ich in der linken Hand immer noch meine Müslischale hielt. Vor mir stand die Kleinschmitt und schaute mich herausfordernd an.

»Hol mal deine Eltern her!«, befahl sie mir und schob einen blassen, jungen Mann durch die Eingangstür. Bevor ich reagieren konnte, kamen Mama und Papa aus der Küche. Sie sagten nichts, sondern standen nur da und schauten unsere Vermieterin fragend an. Die Kleinschmitt genoss die Situation ganz offensichtlich.

»Das ist also mein Neffe Herbert Kleinschmitt«, sagte sie stolz. »Hier ist die schriftliche Kündigung. Herbert meint, es muss alles seine Ordnung haben.« Sie wedelte mit einem hellblauen Briefumschlag. »Wir wollen uns jetzt mal die Wohnung anschauen und überlegen, wie der Herbert die Möbel stellen kann.«

Ich sah es Mama genau an. Eigentlich wollte sie protestieren, aber Papa schüttelte nur resigniert den Kopf.

Na, die Kleinschmitt würde der Schlag treffen, wenn sie mein Zimmer betreten würde. Vor ungefähr drei Wochen hatte ich das letzte Mal aufgeräumt, und das auch nur, weil ich dringend mein Klassenarbeitsheft suchte. Das lag dann übrigens in der Mappe von Andreas und ich hatte ganz umsonst gesucht.

Inzwischen waren wir ins Wohnzimmer gegangen. Frau Kleinschmitt besah sich die Tapete. »Also, ich muss schon sagen ...« Sie schüttelte fassungslos den Kopf.

Irgendwo klingelte ein Telefon. Aber es war kein altmodisches Bimmeln wie bei unserem Apparat, sondern es klang ganz modern, wie bei unserem Zahnarzt.

Wir blickten uns unsicher an. Nur Frau Kleinschmitt platzte beinahe vor Stolz, als ihr Neffe ein Handy aus seiner Jackentasche zog. »Als erfolgreicher Geschäftsmann muss man immer erreichbar sein«, flüsterte sie, um ihren Neffen bei seiner wichtigen Tätigkeit nicht zu stören.

Mama und Papa guckten sich vielsagend an. »Ach, und was macht Ihr Neffe beruflich?«, erkundigte sich Papa.

»Er ist Geschäftsführer!« Die kleine, dicke Kleinschmitt war bestimmt zehn Zentimeter gewachsen. »Er hat einen sehr guten Posten!«

Armer Papa! Ich hätte ihm auch einen sehr guten Posten gewünscht. Dann hätte ich sicherlich mein Traumrad bekommen. Allerdings hatte ich mir einen Geschäftsführer ganz anders vorgestellt als diesen Herbert Klein-

schmitt. Der sah ziemlich pickelig aus und hatte viel zu lange Haare. Außerdem – jetzt musste ich fast lachen – sah man noch die Preisschilder auf seinen Schuhsohlen. Er hatte sich nämlich mittlerweile auf unserem alten Ohrensessel niedergelassen und die Beine übereinandergeschlagen und telefonierte in einem merkwürdigen Kauderwelsch.

Plötzlich stand er auf, steckte das Handy in die Jackentasche und sagte zu seiner Tante: »Die Besichtigung müssen wir auf morgen verschieben. Dringende Geschäfte. Isch muss mal los, Tantschen.«

»Na gut, dann kommen wir morgen wieder«, drohte die Kleinschmitt noch, als sie mit ihrem Neffen unsere Wohnung verließ.

»Hat der tatsächlich ›Tantschen‹ gesagt?«, erkundigte sich Papa ungläubig.

Mama sah ihn ratlos an. »Was soll das?«

Aber Papa war nicht mehr zu halten. Er brüllte vor Lachen. Dann sagte er, indem er immer wieder den Kopf schüttelte: »Dieser Kerl hat einen ausgemachten Sprachfehler, sieht aus wie ein halbes Hemd und ist erfolgreicher Geschäftsführer. Und ich habe keinen Sprachfehler, sehe nicht aus wie ein halbes Hemd …«

»… und bist ein arbeitsloser Archäologe«, beendete Mama den Satz. Sie winkte nur ab. »Ich weiß, es geht nirgendwo so ungerecht zu wie auf der Welt. Das hat schon meine Großmutter selig gesagt. Aber das hilft uns jetzt auch nicht weiter. Wie gut, dass dieses blöde Telefon klingelte. Stell dir mal vor, die Kleinschitt hätte ins Esszimmer geguckt!«

Toll, Mama sprach jetzt nicht mehr von Frau Kleinschmitt, sondern von der Kleinschitt. Erwachsene sind doch lernfähig, stellte ich anerkennend fest.

Papa runzelte die Stirn. »Meinst du, sie erinnert sich dran?«

Mama lachte nur. »Die hat ein Gedächtnis wie ein Elefant, das kannst du mir glauben. Und wenn sie entdeckt, dass wir …« Sie verdrehte die Augen.

»Wenn sie was entdeckt?«, fragte ich. »Was gibt es denn hier für ein Geheimnis?«

Und dann erfuhr ich, dass die olle Kleinschmitt, als sie Mama und Papa die Wohnung vermietet hatte, ihre alte Esszimmereinrichtung drin gelassen hatte.

»Du kannst dir gar nicht vorstellen, was für scheußliche Sachen das waren«, seufzte Mama. »Alles aus Sperrholz und mit Blümchenschondecke.«

»Und wo ist das Zeug jetzt?«, wollte ich wissen.

Papa druckste herum: »Tja, wir haben das ganze Zeug einfach in den Keller geschleppt. Das war gar nicht einfach. Wir mussten nämlich alles in Decken einschlagen, damit die Kleinschmitt nicht merkte, wie wir ihren Plunder aus der Wohnung beförderten.«

Bei dem Gedanken daran musste Papa lachen. Aber er wurde gleich wieder ernst und meinte: »Und jetzt müssen wir alles wieder hochräumen. Das Zeug steht bald zehn Jahre dort unten.«

»Na, das ist doch eine schöne Übung für unseren Umzug«, bemerkte Mama.

Am nächsten Morgen hatte ich Blasen an den Händen und der ganze Rücken tat mir weh. Papa und ich hatten nämlich den ganzen Nachmittag über unsere schweren Esszimmermöbel in den Keller geschleppt und die alten Möbel von der Kleinschmitt ins Esszimmer gestellt.

»Da vergeht einem ja der Appetit«, moserte Ev, »das sieht ja aus wie …«

»… wie bei Kleinschitts«, half ich ihr weiter.

Das ganze Esszimmer wirkte jetzt furchtbar ungemütlich, und so aßen wir in der Küche Abendbrot. Papa hatte sich dabei in die Zeitung vertieft. Er guckte sich die Wohnungsanzeigen an, wobei er immer wieder sorgenvoll seufzte: »Geld müsste man haben!«

Geld müsste man haben, dachte ich auch auf meinem Schulweg am nächsten Morgen. Mein altes Fahrrad hatte ich im Keller gelassen. Ich ging zu Fuß und war wieder einmal spät dran. Und dann überholte mich auch noch Ralf.

Er fuhr ganz knapp an mir vorbei und klingelte fröhlich. Zuerst wollte ich ihm etwas nachrufen, aber dann stockte ich. Ralf hatte ein neues Fahrrad! Und wenn ich mich nicht sehr täuschte, dann war es genau das Rad, von dem ich schon ein ganzes Weilchen träumte. Ralf bog mit elegantem Schwung in den Schulhof ein. Dann stoppte er und wartete.

»Und? Ist das ein Renner?«, fragte er, als ich an ihm vorbeiging. »Hat auch 'ne Stange Geld gekostet!«

Das wusste ich schon. Es war das Rad, das ich mir so sehr wünschte und das in weite Ferne gerückt war. Ich schluckte und bemühte mich, meine Stimme normal klingen zu lassen. »Ja, sieht nicht übel aus«, sagte ich. »So was wird aber leicht geklaut!« Das Problem hatte ich mit meiner alten Rostlaube natürlich nicht.

Ralf lachte gönnerhaft: »Guck mal hier, ein Computerschloss. Das knackt so leicht keiner.«

Dann erklärte er mir einen höchst komplizierten Mechanismus. Ich verstand zwar kein Wort, aber ich nickte immer wieder und murmelte: »Oh, ist ja echt stark«.

Man will ja nicht als Dummkopf dastehen.

»Ich zeig dir noch was: der Sattel, supergefedert, mit Biberfellüberzug, echt natürlich!«

»Na, David, hast du ein neues Fahrrad bekommen?«, erkundigte sich Herr Pohl, unser Mathelehrer, der gerade vorbeikam.

Wenn ich jetzt hätte sagen können: »Ja, Herr Pohl, das ist mein neues Rad. Gefällt es Ihnen?« Aber stattdessen grinste Ralf bloß und schüttelte den Kopf: »Nee, nee, das gehört nicht David, das gehört mir!«

Herr Pohl lachte: »Da hattest du den richtigen Riecher, Ralf. So viele Gänge wirst du brauchen können. Kommt rein ins Klassenzimmer, ihr zwei, es gibt eine tolle Überraschung.«

Ralf und ich sahen einander neugierig an, aber Herr Pohl wollte nichts verraten.

»Erst im Klassenzimmer!«, meinte er. »Wir lassen heute mal die Mathestunde sausen. Es gibt was zu besprechen.«

Ein paar Minuten später hörte man das Freudengeheul der ganzen Klasse durchs Schulhaus. Herr Pohl hatte uns nämlich mitgeteilt, dass wir vor den Herbstferien eine dreitägige Radtour machen würden. Super, darauf hatten wir insgeheim schon eine Weile gehofft. Wir wussten von der 6 a, wie lustig solche Ausflüge mit Herrn Pohl waren. Und außerdem, drei Tage lang nicht zu Hause sein, keine Hausaufgaben, keine Schule – eine herrliche Vorstellung. Ich konnte vielleicht Evs Zelt haben und Papas Schlafsack. Das war immerhin ein echter Daunenschlafsack. Eventuell bekam ich auch Mamas Wanderrucksack.

»… solltet ihr auf alle Fälle ein Rad mit mindestens drei Gängen haben, weil wir doch einige Hügel vor uns haben«, hörte ich da mitten in meine Gedanken die Stimme von Herrn Pohl.

Ach du lieber Himmel, ich und mein Fahrrad. Das hatte ja nicht mal eine Gangschaltung. Ein neues Fahrrad musste her. Das würden die Eltern jetzt sicher auch einsehen. Ich musste nur einen günstigen Moment abwarten.

Nach dem Mittagessen schien der richtige Augenblick gekommen zu sein. Ev hatte in Deutsch eine Eins geschrieben – und das bei einem Klassendurchschnitt von drei Komma neun, wie sie immer wieder betonte. Mama und Papa sahen ganz zufrieden aus.

»Ich habe auch erfreuliche Nachrichten«, sagte ich.

Alle schauten mich erwartungsvoll an.

»Heißt das, dass du in Mathe mal keine Fünf geschrieben hast?«, spottete Ev.

Manchmal sind Schwestern einfach unausstehlich. Na warte, das kriegst du zurück; mir fällt schon noch was ein, dachte ich.

»Jetzt streitet euch doch nicht schon wieder. Wir haben genug Probleme.« Mama wirkte ein bisschen gereizt. »Außerdem hab ich leider überhaupt keine Zeit. In zehn Minuten macht das Wohnungsamt auf. Ich radel schnell hin und erkundige mich, ob die eine billige Wohnung für uns haben.«

Gut, dass Mama beim Gespräch über mein Fahrrad nicht dabei ist, dachte ich. Sie würde bestimmt gleich wieder nein sagen. Papa war da ganz anders. Wahrscheinlich wünschte er sich auch so ein Rad.

Ev sah mich an: »Los, erzähl mal, was hast du für Neuigkeiten?«

Während ich von der geplanten Radtour erzählte, merkte ich, dass meine Chancen auf ein neues Fahrrad immer geringer wurden. Ev nahm jetzt Mamas Rolle ein. Genau wie Mama schüttelte sie immer wieder den Kopf und meinte schließlich: »Sag mal, siehst du denn nicht, dass wir uns das einfach nicht leisten können?!«

Papa sah mich entschuldigend an. »Ev hat leider Recht. Ihr habt euch den falschen Vater ausgesucht. So einer wie Herbert Kleinschmitt, so ein Geschäftsführer, der verdient jede Menge Geld. Der könnte euch bestimmt zehn Räder auf einmal kaufen. Aber ich …« Er blickte auf die Uhr. »Oh, halb drei, ich muss los zur Spätschicht.« Er holte sich seine alte Windjacke und winkte uns beim Hinausgehen zu. Trotz des ganzen Ärgers, den ich empfand, tat er mir ein bisschen Leid.

»Ich hab's dir doch gleich gesagt«, begann Ev wieder.

Ihr neunmalkluges Gerede ging mir auf die Nerven. »Ja ja, du weißt alles, du …«, maulte ich und ging, weil mir kein passendes Schimpfwort einfiel, einfach aus der Küche. Vorher warf ich ihr aber noch einen vernichtenden Blick zu. Sollte sie nur merken, wie sauer ich war.

In unserer Klasse gab es nur ein Thema: die Radwanderung. Alle waren begeistert. Niemandem fiel auf, wie wenig ich mich an den Gesprächen beteiligte. Mein Problem war nicht, ob ich mit Matthias und Sebastian oder mit Heiko und Jonathan in einem Zelt übernachtete. Mein Problem war: Wo sollte ich ein ordentliches Fahrrad herbekommen?

Klar war, dass ich das Geld auf meinem Konto nicht dafür verwenden durfte. Mittwochnachmittag war die Kleinschmitt mit ihrem Neffen wieder bei uns in der Wohnung gewesen und hatte die Hände über dem Kopf zusammengeschlagen. »Um Himmels willen, wie haben Sie diese schöne Wohnung nur verkommen lassen. Überall Spinnweben in den Ecken. Nicht mal die Lichtschalter sind geputzt. Und die Tapeten sehen aus!«

So ging das die ganze Zeit. Wenn man Frau Kleinschmitt hörte, glaubte man, wir würden im Schweinestall leben. Lediglich im Esszimmer hatte sie sich anerkennend geäußert: »Das muss ich Ihnen lassen, die Esszimmermöbel haben Sie geschont.«

Papa grinste, aber nur einen Augenblick lang. Die Kleinschmitt meinte nämlich gerade: »Das wird Sie einiges kosten, die Wohnung wieder in ihren ursprünglichen Zustand zu versetzen. Immerhin waren das teure Tapeten und ich erwarte selbstverständlich, dass alles in Ordnung ist, wenn mein Neffe einzieht.«

»Na, da wissen wir jedenfalls, wohin mit unserem Geld«, seufzte Mama, als wir abends in der Küche Familienrat hielten. Bei der Wohnungsvermittlung hatte sie natürlich keinen Erfolg gehabt. Wir standen auf Platz 263 der Warteliste für eine billige Wohnung. »Ich glaube, wir werden an unsere Ersparnisse gehen müssen.«

»Wir haben ja auch noch was.« Ev zeigte sich großzügig. »David und ich sind gern bereit, euch was zu leihen.«

Mama lächelte. »Lieb von euch, aber ihr braucht euer Geld später mal selber für irgendwelche Anschaffungen. Trotzdem vielen Dank.« Sie war ganz gerührt und küsste Ev auf die Stirn.

Logisch, dass ich in dieser Situation nicht mit Geldforderungen kommen konnte. Aber vielleicht war mit irgendetwas Geld zu verdienen. Schade, dass ich in Mathe mittlerweile so schlecht war, sonst hätte ich Nachhilfeunterricht für Viertklässler angeboten. Außerdem konnte ich innerhalb von fünf Wochen bestimmt nicht so viel Geld verdienen, um mir ein Dreigangrad zu kaufen. Das sah ich ganz realistisch. An mein Traumrad mochte ich schon gar nicht mehr denken, ein einfaches Dreigangrad täte es auch. Es durfte nur nicht so schäbig aussehen wie der Drahtesel, den ich zur Zeit besaß.

Vielleicht sollte ich mal mit Ev darüber reden. Wir streiten zwar häufig, aber manchmal hat sie doch ganz gute Ideen, dachte ich noch kurz vor dem Einschlafen.

Am nächsten Tag entwarf ich auf dem Schulweg einen Plan. Ich würde Ev anbieten ihr bei der Lars-Sache zu helfen. Meine Schwester war total verknallt, aber Lars zeigte reichlich wenig Interesse. Wenn ich ihn …

»David, warte mal, ich muss dich was fragen!«

Erschrocken sah ich mich um. Wer brüllte denn hier so laut? Es war Ralf, der mit seinem neuen Mountainbike näher kam.

Er hielt an und fragte grinsend: »Willst du mal damit fahren?«

Ja, das wollte ich, und wie. Aber ich zuckte nur betont lässig mit den Schultern.

»Dafür musst du mich heute im Grammatik-Test abschreiben lassen«, verlangte Ralf.

Na gut, dachte ich, wenn Ralf zu dumm oder zu faul zum Lernen ist und ich mal eine Runde mit seinem Fahrrad dafür fahren kann, dann soll er ruhig bei mir abschreiben.

Ich nickte. »Einverstanden! Komm heute Nachmittag um drei. Dann krieg ich dein Rad für zwei Stunden.«

Ich konnte es Ralf ansehen: So hatte er es nicht gemeint. Er zögerte einen Moment, dachte dabei wohl an seine schlechte Englisch-Note und nickte schließlich.

Beim Mittagessen gab es endlich mal gute Nachrichten. »Ratet mal, wer geschrieben hat«, meinte Mama und wedelte mit einem Brief.

»Die Kleinschitt. Ihr Neffe will früher einziehen«, tippte ich.

Mama verdrehte die Augen. »Falsch, völlig falsch. Nein, es ist ein erfreulicher Brief. Wir bekommen Besuch.«

»Vielleicht der Gerichtsvollzieher«, unkte Papa.

»Es ist einfach schlimm mit euch. Habt ihr denn kein bisschen Phantasie?« Mama saß kopfschüttelnd da und betrachtete Papa und mich. Aber bevor sie noch mehr über eines ihrer Lieblingsthemen – Warum haben die Kinder heutzutage keine Phantasie mehr? – reden konnte, kam Ev zur Tür hereingehetzt.

»Entschuldigt, die Englischlehrerin hat wieder mal überzogen.«

Ich grinste nur viel sagend. Das konnten Mama und Papa glauben.

»Oh, hat Tante Sabine geschrieben? Kommt sie vielleicht zu Besuch?«, rief Ev, die gerade den Brief entdeckt hatte.

Mama nickte zufrieden. »Stellt euch vor, Tante Sabine und Heinzi wollen uns besuchen. Ist das nicht toll?! Für drei, vier Tage, denn in Bayern sind noch Sommerferien.«

Ev hatte sich den Brief geschnappt. »Hier schreibt Heinzi noch was: ›Gibt es den Pizza-Service noch? Bestellt bitte schon mal eine Riesenpizza Margherita.‹«

Bei Tantes Sabines Kochkünsten konnte ich mir schon vorstellen, dass Heinzi mal wieder Appetit auf eine ordentliche Pizza hatte. Ich freute mich riesig Heinzi wiederzusehen.

»Vielleicht sollte ich noch was backen, wenn die beiden kommen«, überlegte Mama laut. »Ich hab doch neulich ein tolles Rezept gefunden. Eine Vollkorn-Stachelbeer-Nusstorte.«

»Um Himmels willen, meine Liebe. Mach dir bloß keine Arbeit damit«, unterbrach Papa sie.

Ev und ich blickten ihn dankbar an. Zu oft schon waren wir Versuchskaninchen für Mamas Küchenexperimente gewesen. Vor einigen Wochen hatte sie beim Frisör in einer Zeitschrift das Rezept für eine Tofu-Schwarzwurzel-Speise gefunden und diese dann gleich für uns gekocht. Um acht Uhr sollte es Essen geben, aber irgendetwas klappte nicht wie geplant, und so saßen wir um neun immer noch mit knurrendem Magen im Esszimmer. Mama kam immer wieder völlig verschwitzt aus der Küche und verkündete, dass das Essen bestimmt gleich fertig sei. Es könne sich nur noch um Sekunden handeln. Gegen halb zehn Uhr stand Papa schließlich auf und meinte: »Das Zeug wird jetzt gegessen, auch wenn es noch halbroh ist. Ich sterbe fast vor Hunger.«

Also servierte Mama eine undefinierbare Masse, auf die sie noch jede Menge Parmesankäse gestreut hatte. »Sieht doch prima aus. Und Schwarzwurzeln sind sehr vitaminreich.« Sie häufte jedem von uns eine Riesenportion auf den Teller und sah uns erwartungsvoll an. »Schmeckt's euch?«

Es schmeckte widerlich. Verstohlen sah ich zu Ev hinüber. Die verzog das Gesicht und wollte schon losmeckern. Papa kam ihr zuvor. »Alle Achtung! Ich hätte nicht gedacht, dass diese Wurzeln so interessant schmecken. Aber vielleicht fehlt noch eine Kleinigkeit. Vielleicht etwas …« Er zögerte einen Moment. »Genau, ich hab's, etwas Schnittlauch.«

Mama sah ihn unsicher an. »Aber im Rezept stand nichts von Schnittlauch.«

»Das gibt diesem Essen die feine Würze«, behauptete

Papa, und Mama ging in den Keller, um aus der Kühltruhe den letzten Vorrat an Schnittlauch zu holen.

Kaum hatte sie die Tür hinter sich geschlossen, war Papa aufgesprungen. »Los kommt, am besten in die große Keksdose für Weihnachtsplätzchen!«

In Windeseile hatte er die Dose geöffnet und fast den ganzen Inhalt unserer Teller hineingekippt. Nur ein Anstandsrest blieb zurück.

Ev und ich starrten ihn fassungslos an. Ev sagte: »Sag mal, ich denke, dir schmeckt dieser Fraß?«

Papa hatte inzwischen die Keksdose sorgfältig verschlossen und an ihren Platz zurück gestellt. »Was denkt ihr denn? Das kann doch kein Mensch essen. Aber Mama hat sich solche Mühe gegeben, und wenn wir ihr das jetzt sagen, dann ist sie natürlich traurig und glaubt, dass sie keine gute Hausfrau ist und so … na ihr wisst schon. Da ist eine kleine Notlüge angebracht. Und den kleinen Rest auf eurem Teller, den esst ihr auf. Sonst gibt's kein Taschengeld nächste Woche.«

Mama staunte nicht schlecht, als sie mit den Kräutern in der Hand wieder ins Esszimmer kam. Aber bevor sie ärgerlich werden konnte, meinte Papa entschuldigend: »Du hattest Recht, ohne Schnittlauch hatte es genau den richtigen Geschmack. Wir haben einfach schon mal angefangen, kalt schmeckt so was ja nicht so besonders.«

Er sah uns aufmunternd an und schob sich einen kleinen Bissen auf die Gabel. Na gut, dachte ich, und stellte mir vor, ich sei ein Indianer und müsste Schlangen und ähnliches Getier verspeisen.

Mama war ganz glücklich: »Da bin ich aber froh, dass

es euch schmeckt. Wie gut, dass ich gleich die doppelte Portion gekocht habe! Die gibt's dann morgen Mittag.«

An dieses schreckliche Ereignis mussten Papa, Ev und ich denken, als Mama von dieser Torte erzählte.

»Ich glaube, Tante Sabine mag gar keine Torten«, meinte Ev schließlich.

»Vielleicht sollte ich wieder die Tofu-Schwarzwurzel-Speise …«

Aber bevor Mama weiterreden konnte, hatten wir schon im Chor »Nein, bloß nicht!« gerufen.

Mama sah uns verwundert an. »Also damals wart ihr ganz begeistert.«

Glücklicherweise klingelte es jetzt an der Tür. Ev, Papa und ich stürmten raus. Es war Ralf, der seinen Fahrradschlüssel lässig in der Hand schwenkte. »Ich dachte, ich bring dir meinen Renner mal vorbei und besuche vielleicht noch Ev.«

Ev lachte geschmeichelt. Ich wusste von ihr, dass ungefähr die Hälfte der Mädchen in ihrer Klasse für Ralf schwärmte. Wenn sie denen morgen erzählte, dass Ralf sie besucht hatte, dann platzten manche vor Neid.

»Das Computerschloss habe ich dir ja schon neulich erklärt«, sagte Ralf. »Fahr aber bloß vorsichtig! Es ist schließlich ein teures Rad.«

»Ja, weiß ich!«, murmelte ich und fing den Schlüssel auf, den er mir zuwarf.

»Aber nur zwei Stunden«, erinnerte er mich noch einmal, dann schloss ich die Wohnungstür hinter mir. Endlich, dachte ich.

3

Am Anfang radelte ich ziellos kreuz und quer durch Wiesen und Felder. Ich stellte mir die ganze Zeit vor, dieses Mountainbike würde mir gehören. Es war herrlich.

Nach einer Weile wurde es mir aber doch zu langweilig, immer nur zwischen den Feldern zu fahren. Ich bog deshalb kurz vor dem Sportplatz ab und fuhr Richtung Zentrum. Na ja, Zentrum ist vielleicht etwas übertrieben, aber immerhin gibt es dort einen Supermarkt, eine Bäckerei, ein Kino und noch eine Reihe kleiner Geschäfte. Hier würde ich bestimmt jemanden aus meiner Klasse treffen.

Dann entdeckte ich Till. Er geht in Evs Klasse und behandelt mich immer ganz herablassend, bloß weil er zwei Jahre älter ist als ich. Dabei bin ich fast genauso groß wie er.

Till saß vor dem Brunnen neben dem Supermarkt und lutschte ein Eis. Ich kurvte ein paarmal zwischen den Fußgängern herum und hielt dann direkt vor Till an. »Hallo!«, sagte ich.

Er schob seine Baseballmütze ein bisschen zur Seite und blickte auf. »Hallo«, meinte er. Dann erkannte er mich erst. »Ach David, du bist's.« Sein Blick glitt über das

Mountainbike. »Nicht schlecht, das Teil. Neu?« Schon fingerte er an der Gangschaltung herum.

Ich wollte fairerweise gerade erzählen, dass Ralf mir das Rad nur für zwei Stunden geliehen hatte, da kamen ein paar Freunde von Till aus dem Supermarkt. »Mensch, super! So ein Bike hätte ich dir gar nicht zugetraut«, meinte einer von ihnen. »Leihst du mir das auch mal?«

Ich schüttelte den Kopf.

»Kann ich verstehen«, lachte Till, »ist ja auch 'ne Menge wert. Ich würde das auch nicht verleihen.«

Es tat gut einmal von Mitschülern bewundert zu werden. Ich merkte ganz deutlich: Für Till und seine Freunde war ich jetzt nicht mehr der kleine David, den man einfach nicht beachtete. Mit diesem Mountainbike war ich plötzlich wichtig geworden. Es war ein großartiges Gefühl.

»Sag mal«, unterbrach Till meine Gedanken, »du kennst dich doch bestimmt prima mit Rädern aus. Willst du nicht mal mit uns ins Fahrradgeschäft am Markt gehen und uns ein bisschen beraten? Unsere ganze Clique will nämlich neue Räder.«

Ich wurde rot vor Stolz. Wenn ich das Ev erzählte: Till hatte mich um Rat gefragt!

»Ja, kann ich machen«, meinte ich so lässig wie möglich. »Ich stell nur mal mein Bike hier ab.«

Verflixt, in einer Viertelstunde sollte ich das Rad wieder zurückgeben, aber das hier ging vor. Da musste ich mir für Ralf eben eine kleine Ausrede einfallen lassen.

Ich lehnte das Rad vorsichtig an einen Laternenpfahl und versuchte mich zu erinnern, wie das Computerschloss funktionierte. Hätte ich bloß besser aufgepasst, als Ralf es mir erklärte. Vielleicht hatte er es gar nicht richtig erklärt. Auf jeden Fall kam ich überhaupt nicht damit zurecht.

Till und seine Freunde wurden langsam ungeduldig. »Ist wohl zu schwierig für dich?«, wollte einer wissen und lachte ziemlich höhnisch.

Ich geriet ins Schwitzen. »Das hier ist eine ganz neue Technik«, murmelte ich und drückte das Schloss kurzerhand auf die Speichen. Es sah einigermaßen abgeschlossen aus, fand ich, als ich mich nach zwei, drei Metern noch mal umdrehte.

Mit der Clique von Till schlenderte ich durch die Fußgängerzone. Alle trugen die gleichen Baseballmützen, und alle hatten sie verkehrt herum aufgesetzt. So eine Mütze kaufe ich mir morgen auch, beschloss ich. Die kann ja nicht die Welt kosten.

Vor dem Eiscafé sah ich Julika aus meiner Klasse. Ich hob die Hand und sagte: »Hallo!«

Julika starrte mich an. Leider wusste ich nicht, ob sie mich nicht erkannt hatte oder ob sie so erstaunt war, dass ich mit Tills Clique unterwegs war.

An der Tür des Fahrradgeschäfts hing ein großer Zettel. Darauf stand: *Wir machen Betriebsferien.*

»Dann gehen wir zu Martin und spielen Computer«, bestimmte Till.

Keiner sagte ein Wort, dass ich mitgehen könnte. Und wenn ich jetzt losrennen würde, überlegte ich, dann wäre das Rad wieder rechtzeitig bei Ralf, und ich würde mir sicherlich einigen Ärger ersparen.

Bevor ich mich von Till und seinen Freunden verabschieden konnte, waren sie schon weitergetrottet. Ich rannte zurück zum Brunnen. Es war genau fünf vor fünf, als ich völlig außer Atem vor dem Laternenpfahl stand, an den ich Ralfs Mountainbike gelehnt hatte.

Aber dort stand jetzt kein Fahrrad mehr. Vielleicht war ich am falschen Laternenpfahl? Aber nein, genau hier hatte ich Ralfs Fahrrad abgestellt. Ich erinnerte mich noch an den Zettel, der dort klebte: »Suche dringend Wohnung«.

Der Zettel hing dort immer noch, aber das Rad war weg! Mir wurde plötzlich ziemlich heiß. Um Himmels willen, ich hatte dieses idiotische Computerschloss nicht richtig zugeschlossen. Vielleicht hatte mich irgendjemand beobachtet und einfach Ralfs Rad geklaut.

Ich blickte mich um. Am Ende der Fußgängerzone schob jemand ein Rad. Gott sei Dank, das war doch Ralfs Mountainbike. Ich rannte los. Beinahe hätte ich einem älteren Mann das Rad aus der Hand gerissen, da bemerkte ich noch rechtzeitig meinen Irrtum. Der Mann sah mich entgeistert an. »Sag mal, Junge, was ist denn mit dir los?«

Ich murmelte eine Entschuldigung und rannte weiter. Aber es war wie verhext. Ein paarmal noch dachte ich, das Mountainbike gefunden zu haben, aber jedes Mal war es das falsche!

Von der Katharinenkirche schlug es halb sechs. Was würde Ralf wohl sagen, wenn ich ohne sein Mountainbike nach Hause kommen würde? Lieber dachte ich gar nicht daran. Vielleicht sollte ich weiter suchen. Es gibt ja auch Diebe, die lassen das Auto, das sie geklaut haben,

nach einer Spritztour einfach irgendwo stehen. Ich durchstreifte das Unterholz im Stadtwäldchen, aber außer einer verrosteten Gießkanne und einem kaputten Rasierapparat fand ich nichts.

Es war mittlerweile halb sieben geworden, als ich nach Hause schlich.

Ralf erwartete mich bereits unten auf dem Bürgersteig und kickte Steinchen in die Luft.

»Sag mal, spinnst du?«, empfing er mich. »Da leih ich dir mein teures Bike für zwei Stunden und du bleibst gleich vier Stunden weg. Das war nicht ausgemacht.«

Jetzt erst fiel ihm auf, dass ich ohne Rad vor ihm stand. Ungläubig sah er mich an. »Du hast doch nicht etwa mein Rad zu Schrott gefahren?«, wollte er wissen. »Los, sag schon, wo ist mein Rad?« Dabei stiegen ihm die Tränen in die Augen. Als ich ihm die ganze Geschichte erzählt hatte, heulte er nicht mehr. Aber sein Gesicht war wie versteinert. »Wir gehen jetzt zu deinem Vater«, sagte er hart, »der gibt mir die fünfzehnhundert, die das Rad gekostet hat, und dann vergessen wir die Angelegenheit.«

»Du spinnst doch«, fuhr ich ihn an. »Ich weiß genau, dass das Rad nur zwölfhundert kostet und keinen Pfennig mehr.«

»Du spinnst«, gab Ralf zurück. »Zuerst lässt du dir mein Rad klauen und dann willst du nicht mal bezahlen.«

Er hatte auf die Klingel gedrückt und läutete Sturm.

Als ich Mama und Papa die ganze Sache gebeichtet hatte, herrschte eine Weile Schweigen im Zimmer. Papa lief vom Wohnzimmerschrank zur Tür und wieder zurück, immer wieder. Mama saß im Ohrensessel, hatte

Minki, unseren Kater, auf dem Schoß und schüttelte den Kopf. Auch Ev sah ziemlich entsetzt aus.

Ralf klopfte mit dem Knöchel auf den Tisch. »Mein Vater hat einen Rechtsanwalt, und der holt die fünfzehnhundert Mark von Ihnen«, drohte er. »Das gibt's doch nicht, dass mein Rad so einfach verschwindet. Da war ein super Schloss dran, absolut diebstahlsicher, hat mir der Verkäufer gesagt.«

Ralf machte eine Pause und sein Gesicht nahm einen verkniffenen Ausdruck an. Dann sagte er gedehnt: »Vielleicht war das Ganze nur Schau und David hat das Rad verkauft. Wir wissen doch alle, dass er dringend Geld braucht …«

Papa hatte seine Wanderung durch das Zimmer unterbrochen und baute sich vor Ralf auf. »Du verschwindest hier, aber sofort!«, brüllte er Ralf an, der ihn schockiert anstarrte.

Mama wollte etwas sagen, aber als sie Papas Gesicht sah, war sie ganz schnell ruhig. Es kommt nämlich selten vor, dass Papa brüllt. Dann muss schon was Schlimmes passiert sein.

»Ist schon in Ordnung!« Papa hatte sich wieder beruhigt. Er klopfte Ralf leicht auf die Schulter. »Aber überlege dir in Zukunft bitte vorher, was du sagst.«

Ralf hatte einen ordentlichen Schrecken bekommen. Er würdigte uns keines Blickes mehr und marschierte aus dem Wohnzimmer. Dann war es wieder still. Keiner sagte etwas. Alle guckten nur vor sich hin.

»Schimpft doch endlich mit mir!«, bat ich Mama und Papa, und dann musste ich losheulen.

Ev heulte gleich mit. »Morgen weiß die ganze Schule, dass du zu blöd bist ein Fahrrad abzuschließen.«

»Von wegen zu blöd. Das war einfach ein dummes Schloss, von wegen computergesichert, so'n Quatsch«, schluchzte ich. Am liebsten hätte ich mich auf Mamas Schoß gesetzt und mich von ihr trösten lassen. Aber ich bin kein kleines Kind mehr und …

»Komm her, David!«, sagte da Mama und nahm mich in den Arm. »Es gibt Schlimmeres.«

»Es gibt Schlimmeres«, wiederholte Papa, der sich endlich gesetzt hatte. »Aber den Schaden musst du wiedergutmachen. Das Geld heben wir von deinem Konto ab. Und wir müssen die Polizei verständigen. Ich erledige das.«

»Meinst du, die finden das Fahrrad?«, fragte ich. »Wenn die mit einem Hubschrauber und starken Ferngläsern …«

Papa lächelte. »Wir werden sehen.«

Der nächste Tag in der Schule wurde schlimm. Ralf hatte noch am Abend alle seine Freunde angerufen und ihnen die Geschichte erzählt. Ich ging absichtlich recht spät aus dem Haus, weil ich Angst davor hatte, mir im Pausenhof die dummen Sprüche meiner Klassenkameraden anzuhören.

Herr Pohl stand schon an der Tafel und fragte gerade die Hausaufgaben ab, als ich mich ins Klassenzimmer schlich. Verflixt, die Matheaufgaben hatte ich vor lauter Aufregung vergessen. Ich hatte eine richtige Pechsträhne im Moment.

»Ach, David, schön, dass du schon hier bist.« Herr Pohl sah mich streng an. »Bleib gleich mal vorne an der Tafel und rechne uns die Hausaufgabe vor.«

Kunststück! Ich hatte ja die Hausaufgaben nicht mal angeschaut. Hilfe suchend blickte ich mich um. Nur Andreas, mein Nebensitzer, machte mir irgendwelche Zeichen. Alle anderen guckten bloß, manche grinsten auch spöttisch. Ich wollte nicht wissen, was Ralf denen alles erzählt hatte.

Herr Pohl wartete immer noch auf eine Antwort von mir. Ich musste an Herrn Schneckenburger in Bayrisch-Grön denken. Das war der Mathelehrer von Heinzi. Er ließ Schüler nie lange an der Tafel stehen. »Ich kann mir vorstellen, dass man sich als Schüler dann bloßgestellt vorkommt«, hatte er einmal gesagt. Und: »Es sollte Lehrern gesetzlich verboten sein Schüler länger als zwei Minuten streng anzugucken.«

Ob er das wohl ernst meinte? Wenn es so ein Gesetz in der Zwischenzeit gab, so hatte Herr Pohl jedenfalls noch nie etwas davon gehört. Bestimmt schon fünf Minuten sah er mich jetzt lehrerstreng an. Und dann ging die alte Leier wieder los. Die Lehrer sagen ja immer das Gleiche. Dass man eigentlich gar nicht dumm sei, dass es nur schade sei, dass man so wenig lerne, dass man pünktlich sein solle, na und so weiter. Wenn man die Predigt einmal gehört hat, könnte man sich alle weiteren sparen. Die Lehrer könnten in der Zeit, in der sie Strafpredigten halten, unterrichten, und man hätte viel mehr gelernt. Vielleicht könnte dadurch auch die Schulzeit verkürzt werden. Es gäbe länger Ferien …

Bei diesem Gedanken musste ich wohl ganz fröhlich geguckt haben, denn Herr Pohl wurde jetzt sauer. Er zückte sein Notenbuch, malte eine schöne runde Sechs hinein und ich durfte mich setzen. Aber eine Drohung hatte er noch: »David, wenn sich bei dir nicht bald was ändert, muss ich mit deinem Vater reden.« Das saß. Ich schluckte. Mama und Papa hatten schon genügend Sorgen.

Herr Pohl schien jetzt endlich zu merken, dass es mir nicht gut ging. Den Rest der Stunde ließ er mich nämlich in Ruhe. Dafür bekam ich jede Menge kleiner Zettel. Den ersten öffnete ich noch neugierig. Den nächsten warf ich einfach in den Papierkorb, der direkt neben meiner Bank stand. Auf den Zettelchen standen dumme Sachen wie »Blödmann« und Ähnliches. Ich wollte es gar nicht genau wissen.

Als ich in der Pause wie sonst immer mit meinen Klassenkameraden Ball spielen wollte, kam Ralf drohend auf mich zu. »Hör mal her, du Idiot! Versuch dich bloß nicht vor dem Zahlen zu drücken! Ich krieg fünfzehnhundert von dir.«

Ich wollte ihm entgegnen, dass das doch gar nicht stimmte. Das Rad kostete nur zwölfhundert. Außerdem hatte Papa gestern Abend am Telefon mit Ralfs Vater ganz vernünftig geredet. Papa wollte das Geld Ende nächster Woche überweisen. Und vielleicht fand die Polizei ja den Fahrraddieb. Aber als ich die Gesichter um mich herum sah, wandte ich mich ab und ging zurück ins Klassenzimmer. Ralf hatte ganz schön Stimmung gegen mich gemacht; das war eindeutig.

In der nächsten Pause blieb ich gleich im Klassenzimmer. Andreas kramte noch eine Weile in seiner Schultasche und meinte dann: »Ich muss mal ins Sekretariat.«

»Nimm vorsichtshalber deinen Geldbeutel mit«, hörte ich jemanden sagen, »man weiß hier ja nie.«

»Schöne Freunde«, murmelte ich, »ihr könnt mich alle mal.« Am liebsten hätte ich mich mit Bauchweh abgemeldet, aber den Triumph wollte ich Ralf nicht gönnen. Darauf hatte der ja nur gewartet. Und wie der immer angab. Zu meiner nächsten Geburtstagsfeier würde ich den bestimmt nicht mehr einladen. Ich werde aus dieser Klasse überhaupt niemanden einladen, beschloss ich.

Meine Laune wurde wieder besser, als ich zu Hause schon im Treppenhaus bekannte Stimmen hörte. Heinzi war da – toll!

Wir hatten uns seit unserem Abenteuer in Bayrisch-Grön nicht mehr gesehen. Eigentlich wollten wir uns schreiben, aber da war außer guten Vorsätzen nichts gewesen. Ich riss die Wohnzimmertür auf und stolperte beinahe über Heinzi, der auf dem Boden hockte.

»Das ist ja eine stürmische Begrüßung«, lachte Tante Sabine, die zwischen Mama und Ev auf dem Sofa saß. »David, du bist ja schon wieder gewachsen!«

Heinzi zwinkerte mir zu. Wahrscheinlich hatte Mama genau das Gleiche zu ihm gesagt.

»Leider sagt zu mir niemand, dass ich noch schöner geworden bin«, sagte Papa und strich sich über seine grauen Haare.

Mama tröstete ihn: »Schöner als du kann man gar nicht

werden, mein Lieber!« Und dann lachten wir alle wie schon lange nicht mehr.

»Ach je, das Mittagessen«, meinte Mama nach einer Weile. »Weißt du, Sabine, hier ist so viel passiert in letzter Zeit und wir hatten so viel Ärger: die Kündigung und dann noch die Sache mit dem Fahrrad, das sich David ausgeliehen hatte. Ich konnte gar nichts Besonderes vorbereiten.«

»Kein Problem!« Tante Sabine strahlte. »Ich weiß doch, liebes Schwesterherz, wie ungern du kochst. Deshalb werde ich die nächsten drei Tage hier kochen.«

Papa guckte ganz interessiert. Wahrscheinlich dachte er an bayrischen Schweinebraten mit Semmelknödeln, an Schweinshaxn mit Rotkohl und lauter solche Sachen, die es bei uns nie gibt.

Tante Sabine hob bedeutungsvoll ihren Zeigefinger. »Letzte Woche beim Frisör habe ich ein tolles Rezept gefunden.« Sie zog etwas schuldbewusst eine ausgerissene Zeitungsseite aus ihrer Handtasche. »Damit werde ich euch heute überraschen.«

»Heinzi, sei doch mal so lieb und hole die Zutaten«, bat sie. »Die sind in dem Korb in der Diele.«

»Verrate uns doch wenigstens, was es gibt!« Papa sah sehr hungrig aus.

Tante Sabine zögerte einen Moment. »Wahrscheinlich könnt ihr euch nichts darunter vorstellen. Es handelt sich um eine Tofu-Schwarzwurzel-Speise!«

An diesem Mittag gab es dann doch keine Tofu-Mahlzeit. Stattdessen gab es eine riesige Aufregung – aber ich erzähle besser der Reihe nach.

Tante Sabine guckte uns ganz erwartungsvoll an, als müssten wir vor lauter Vorfreude auf ein tolles Essen jubeln. Aber wir guckten nur gequält.

Papa räusperte sich. »Liebe Sabine, das ist zwar ganz lieb von dir, dass du uns hier bekochen willst, aber schließlich machst du Ferien. Lass mal, heute kochen David und ich.«

Er schob mich, bevor Tante Sabine protestieren konnte, schnell in die Küche.

»Warum soll ich helfen?«, protestierte ich. »Ev hat viel mehr Zeit und ...«

»Darf ich mitmachen?« Das war Heinzi, der ein bisschen schüchtern an der Tür stand.

Papa lachte: »Es heißt zwar immer ›Viele Köche verderben den Brei‹, aber ...«

»... wir kochen eben keinen Brei!«, beendete Heinzi den Satz.

»Entscheidend ist nur, dass wir diese Tofu-Schwarzwurzel-Speise verhindern«, murmelte Papa.

Aber was sollten wir sonst kochen? Papa hatte im Wohnzimmer großartig gesagt: »Heute kochen David und ich!« Jetzt saß er da und wälzte das Kochbuch.

»Was haltet ihr von Rinderschmorbraten?«, fragte er.

»Na, ich weiß nicht«, wandte ich ein, »du kennst doch Mama. Sie sagt immer, man sollte nicht so viel Rindfleisch essen.«

Papa nickte. »Na gut, dann eine Mandelforelle mit Butterkartoffeln und einen Karamellpudding zum Nachtisch. Mama behauptet doch immer, Fisch sei so gesund.«

Ich war sofort damit einverstanden, nur Heinzi hatte

Bedenken. »Habt ihr denn überhaupt Mandelforellen da? Wenn wir jetzt noch einkaufen müssen, dann gibt's erst um halb vier Mittagessen und ich hab jetzt schon furchtbaren Hunger!«

Papa unterdrückte ein Grinsen und nickte.

Das ist ein echtes Argument, dachte ich und sagte: »Heinzi und ich gehen jetzt einfach mal in den Keller und sehen nach, was in der Tiefkühltruhe ist.«

Ich glaube, Papa war ganz froh, dass er doch nicht kochen musste. Er gab jedem von uns ein Stück Nussschokolade und meinte: »Sonst verhungert ihr noch unterwegs.«

»Was hast du für Ärger mit einem ausgeliehenen Fahrrad?«, erkundigte sich Heinzi, als wir im Keller waren. »Hast du was kaputtgemacht?«

Ich schüttelte den Kopf und fischte die letzten sechs Pizzas aus unserer Kühltruhe heraus. Gerade wollte ich von meiner Pechsträhne erzählen, da stieß mich Heinzi in die Seite. »Sei mal ruhig! Hörst du das auch?«

Ich lauschte. Ein Lkw donnerte gerade am Haus vorbei, mehr konnte ich nicht hören.

»Jetzt, da ist es wieder, hör doch!« Heinzi war ganz aufgeregt. »Da weint vielleicht ein Kind?«

»Wo soll hier ein Kind weinen?«, fragte ich. »Meinst du, die Kleinschitt hat ihrem Neffen Stubenarrest im Keller verordnet?«

Heinzi sagte nichts. Aber jetzt hatte ich es auch gehört: einen hohen, klagenden Laut.

Heinzi presste die tiefgefrorenen Pizzas an seine Brust und flüsterte: »Wenn jetzt noch das Licht ausgeht …«

Er konnte einem ganz schön Angst machen. »Ich geh mal hoch und hole Papa«, schlug ich vor. »Warte hier und beobachte alles.«

Heinzi schüttelte den Kopf. »Bleib du lieber hier oder wir gehen beide hoch.«

Ich wollte ihm gerade sagen, was für ein Angsthase er doch ist, da sah ich, wie sich die Kellertür langsam öffnete. Heinzi musste meinen Blick bemerkt haben, denn er drückte sich ganz eng an mich.

Es war – Ev! »Ich wollte nur mal sehen, ob ihr die Pizza hier unten gefroren verspeist. Wie lange braucht ihr denn, um …?«

Als Ev unsere Gesichter sah, verstummte sie. »Stimmt irgendwas nicht? Seht ihr vielleicht Gespenster?«

Jetzt hätte ich natürlich sagen können: »Klar, dich«, aber mir war es wirklich nicht mehr geheuer in diesem Keller. Man konnte diese Laute von vorhin wieder ganz deutlich hören. Auch Ev lauschte aufmerksam.

»Hörst du's, da weint ein kleines Kind«, sagte Heinzi ganz aufgeregt, aber Ev war schon aus dem Vorratskeller gestürmt, den langen, dunklen Gang entlang bis zum alten Kohlenkeller. Seitdem Frau Kleinschmitt eine Zentralheizung und keine Kohleöfen mehr im Haus hatte, wurde der nur noch als Rumpelkammer benützt.

Da waren diese Laute wieder und ich erkannte sie plötzlich. Das war doch …

Ev hatte mittlerweile die Tür zum Kohlenkeller aufgerissen, und tatsächlich: Da stand er, unser Minki, der größte Schinkenräuber unter den Katern, und miaute kläglich. Heinzi lachte kurz auf, war aber ganz schnell wieder ruhig, als ich ihn strafend ansah.

»Der arme Minki!«, rief Ev entsetzt.

Unser Kater war in einer bedauernswerten Lage. Er hatte wohl versucht durch das schmiedeeiserne Gitter, mit dem Frau Kleinschmitt ihr Kellerfenster gegen Einbrecher gesichert hatte, in den Kohlenkeller zu gelangen. Dabei war er stecken geblieben. Nun stand er mit dem Vorderteil auf dem Fenstersims im Kohlenkeller und mit dem Hinterteil im Garten.

Ev streichelte seinen Kopf und redete ihm gut zu: »Komm, liebe Minkikatze, komm, versuch's noch mal, komm, Bauch einziehen und durch.« Dabei zog sie vorsichtig an seinen Vorderpfoten, aber Minki verstand keinen Spaß.

»Pass auf, der kratzt gleich!«, warnte ich sie.

»Dann versuch du doch mal dieses Vieh zu befreien«, herrschte mich Ev an. »Ich hole auf jeden Fall Papa.«

Zehn Minuten später standen wir zu sechst im Kohlenkeller.

»Wir müssen Minki mit etwas Futter locken. Dann zwängt er sich bestimmt durch die Gitterstäbe«, schlug Mama vor. »Vielleicht können die Kinder Minki von außen ein bisschen schieben, wenn wir mit dem Schinken winken!«

»Jawohl, Frau Dichterin«, sagte Papa, »der Schinken war für das Abendbrot vorgesehen, aber ich sehe ein, dass Minki wichtiger ist.«

Papa kam wenig später zu Mamas Entsetzen mit sechs Scheiben Schinken zurück.

»Also, bei aller Tierliebe, aber eine Scheibe reicht auch schon«, meinte sie und hielt Minki ein Stückchen Schinken vor die Nase. Aber Minki zeigte keine Regung. Er miaute nur ganz leise.

»Das gibt's doch nicht!« Papa war fassungslos. »Normalerweise stellt dieses Vieh alles Mögliche an, um an etwas Essbares zu kommen. Es schämt sich nicht mal mir die Wurst vom Brot zu stibitzen und jetzt macht es keine Anstalten!«

Ev heulte bereits. »Bestimmt ist Minki krank. O Gott, wie kriegen wir ihn bloß da wieder raus. Er kann doch nicht den Rest seines Lebens hier bleiben.«

Papa wurde langsam ungeduldig. »Wenn wir hier weiter herumstehen und den Kater anstarren, dann hilft das auch nicht weiter.«

»Vielleicht solltest du das Gitter ein bisschen auseinander biegen«, schlug Tante Sabine vor.

»Mach ich. Ich bin nämlich der starke August vom Zirkus. Nein, nein, hier muss ein Profi ran. Wir brauchen einen Handwerker, der das Gitter entfernt.«

Nachmittags um halb vier war Minki endlich befreit. Die sechs Pizzas waren mittlerweile aufgetaut und ungenießbar und Mama und Papa waren um 96 Mark ärmer. So viel hatte nämlich der Handwerker gekostet, der Minki aus seinem Gefängnis befreite.

Trotzdem waren wir natürlich alle froh Minki wieder in der Wohnung zu haben. Wir stellten ihm eine große Schüssel Katzenfutter in die Küche, aber Minki hatte immer noch keinen Hunger.

»Ich glaube, er ist doch krank«, sagte Ev und streichelte ihn vorsichtig. »Komm Minki, erzähl uns, wo es dir weh tut.«

»Seid ihr sicher, dass Minki ein Kater ist?«, fragte Tante Sabine. »Ich glaube fast, das ist eine Katze, die Junge kriegt. Guckt mal, wie dick der Bauch ist!«

Das stimmte. Der Bauch hing Minki bis zum Boden. Minki war in letzter Zeit immer dicker geworden. Dabei fraß er kaum was. Meist stand sein Schüsselchen nachmittags noch unberührt da.

»Natürlich ist das ein Kater. Wir waren doch beim Tierarzt mit ihm.« Papa nahm Minki auf den Schoß. »Das Tier ist auch nicht krank. Ich glaube, der ist ganz einfach voll gefressen. Deshalb ist er auch nicht mehr durch die Gitterstäbe vor dem Kellerfenster gekommen. Wenn wir schon beim Thema ›Essen‹ sind – ich bin kurz vorm Verhungern. Lasst uns was essen gehen! Auf die paar Mark kommt es jetzt auch nicht mehr an.«

4

Ich hatte für Heinzi alte Matratzen neben mein Bett gelegt, aus denen er sich mit Kissen und Decken ein schönes Lager gebaut hatte. Natürlich schliefen wir an diesem Abend lange nicht ein. Es gab so viel zu erzählen.

»Sag mal, welchen Schneckenburger heiratet deine Mutter denn jetzt, den Mathelehrer oder den von der Kripo?«, wollte ich wissen. Die beiden sind Brüder und hatten uns in Bayrisch-Grön geholfen den »Hamster« zur Strecke zu bringen.

Heinzi zuckte mit den Schultern. »Ich weiß nicht. Bei meiner Mathenote müsste ich eigentlich einen Mathelehrer als Vater bekommen. Aber erzähl du lieber mal, was mit dem Fahrrad los ist, das du dir ausgeliehen hast.«

Am liebsten wollte ich gar nicht mehr daran denken. Ich erzählte Heinzi die Sache mit dem gestohlenen Fahrrad.

Er war ernsthaft empört. »Das sind ja bescheuerte Klassenkameraden! Was kannst du denn dafür, wenn dir das Rad geklaut wird. Diebe kriegen heute jedes Schloss auf, das weiß ich vom Kripo-Schneckenburger. Wir rufen ihn mal an und fragen, ob er sich nicht darum kümmern kann.«

Das ist eine gute Idee, dachte ich mir und wollte mich

beruhigt auf die Seite drehen. Aber da lag dick und fett unser Kater. Wo der sich wohl so vollgefressen hat, überlegte ich mir noch, bevor ich einschlief.

»Da, lies mal!« Ev wedelte mit der Zeitung vor meiner Nase herum. Wie spät war es überhaupt? Mir kam es vor, als wäre ich eben erst eingeschlafen.

»Jetzt lies doch endlich!« Ev wurde ungeduldig. »Außerdem ist es gleich acht und ihr zwei könnt ruhig mal aufstehen, auch wenn heute Samstag ist.«

Als sie unsere müden Gesichter sah, wurde sie etwas milder. »Na gut, ich lese euch vor, was hier in der Zeitung steht. ›Dreiste Diebstähle in unserer Stadt – die Diebe schlugen vor allem im Dichterviertel zu. In der letzten Woche hat die Zahl der Diebstahldelikte erschreckend zugenommen. Bei einem Juwelier in der Goethestraße erbeuteten die Räuber Schmuckstücke im Wert von mehreren tausend Mark, darunter ein besonders wertvolles, vierreihiges Perlenarmband. In der näheren Umgebung dieses Tatortes wurden drei Fahrräder gestohlen. Bei einem Einbruch in der Metzgerei Beuchle raubten die Diebe die Kasse und cirka 400 Kilogramm Schinken, der für das Stadtfest am nächsten Wochenende vorgesehen war. Aus verschiedenen Büros wurden vier Computer entwendet. Wie Kriminalhauptkommissar Dickerle von der örtlichen Polizei uns mitteilte, kann man aufgrund der Vorgehensweise vermuten, dass immer die gleichen Täter am Werk waren. Bisher ergab sich noch keine heiße Spur. Die Bevölkerung wird aufgefordert sachdienliche Hinweise der Polizeidienststelle in der Heinrichstraße zu melden.‹«

»Und weshalb liest du mir das am frühen Morgen vor?«, wollte ich wissen.

»Ich dachte, dich interessiert es, dass es auch andere Dummköpfe gibt, die sich beklauen lassen«, meinte Ev spöttisch. »Lars sagt, das sei mal wieder typisch für dich. Dabei ist ein Computerschloss doch ganz einfach zu bedienen und …«

Weiter kam sie nicht. Ich hatte mein Kopfkissen gepackt und warf es nach Ev. Im Nu war die schönste Kissenschlacht im Gange.

»Mensch, Heinzi, hilf mir doch!«, schrie ich.

Heinzi schleuderte sein Kissen mit voller Wucht. Zufällig traf er nicht Ev, sondern Papa, der gerade zur Tür hereinkam.

»Aufstehen, meine Herren!«, rief er. »Ihr könnt eure Energie woanders rauslassen. Frau Kleinschmitt hat sich soeben beschwert, dass wir gestern ihren Garten zertrampelt hätten. Wir sollen deshalb mähen und ich dachte, das wäre doch eine Aufgabe für euch …«

Eine Stunde später mähten Heinzi und ich den Rasen. Allerdings strengten wir uns dabei nicht besonders an.

»Ihr könnt auch gleich noch an der Hecke beim Gartenhaus das Unkraut jäten«, rief Frau Kleinschmitt vom Balkon herunter. »Ein bisschen Bewegung an der frischen Luft tut euch nur gut.«

Große Lust dazu hatten wir nicht. »Wir tun halt so, als ob«, meinte ich, weil die Kleinschmitt immer noch auf dem Balkon stand und uns misstrauisch zuguckte.

»Musst du Ralfs Fahrrad von deinem Geld bezahlen?«, erkundigte sich Heinzi nach einer Weile.

Ich nickte wortlos.

»Kann ich verstehen, dass es dir dann schlecht geht.«

Ich seufzte. »Das Schlimme an der Sache ist, dass meine Klassenkameraden mich entweder für total blöd halten oder sogar glauben, dass ich mit dem Diebstahl was zu tun habe, weil ich für unseren Ausflug kein Rad habe.«

Heinzi sah mich mitleidig an. »Vielleicht solltest du dir einen Job suchen. Du könntest doch … na ja, ich meine, irgendeinen Job müsste es doch für dich geben.«

Wir seufzten beide.

»Guck mal«, meinte Heinzi plötzlich, »da schleicht dein dicker Kater lang.«

Minki hatte sich also wieder nach draußen gewagt. Er beachtete uns gar nicht, sondern steuerte direkt auf das Gartenhaus zu.

»Minki, bleib bloß hier«, wollte ich noch rufen, aber da war er auch schon verschwunden. »Mist! Heinzi, stell dir vor, der Kater bleibt in diesem Gartenhaus stecken, so fett wie der ist.«

Wir rannten beide zu dem alten Holzhaus.

»Der Kater ist da drin«, stellte Heinzi fest. »Hier, sieh mal die Öffnung, da hat er sich durchgezwängt.«

»Meinst du, er kommt wieder raus?«, fragte ich. »Mama und Papa drehen durch, wenn wir wieder so ein Theater wie gestern haben.«

»Keine Ahnung, aber es scheint ihm dort zu gefallen. Was ist überhaupt in diesem Gartenhäuschen drin?«, fragte Heinzi.

Ich überlegte einen Moment. »Na, wahrscheinlich Sachen für den Garten, Campingstühle und so was.« Dunkel erinnerte ich mich daran, eine alte Hollywoodschaukel gesehen zu haben. »Wir gucken mal rein, was Minki macht«, schlug ich vor.

Das war aber leichter gesagt als getan. Zwar hatte das Gartenhäuschen ein kleines Fenster, aber der Fensterladen davor war geschlossen. Die Tür war ebenfalls verriegelt, wie wir nach heftigem Rütteln feststellten.

»Man könnte höchstens übers Dach«, überlegte ich halblaut.

Heinzi sah mich bewundernd an. »Du meinst, dass du da hoch kommst?«

Fast hätte ich gelacht. Das war für einen guten Sportler ein Kinderspiel. Und im Klettern war ich spitze. »Wie ein Affe, unser lieber David«, spottete Ev meist, wenn ich auf einem Baum saß. Dabei war das der reine Neid, weil sie keine zwei Meter hoch kam.

»Du musst mir halt ein bisschen helfen«, forderte ich Heinzi auf. »Lass mich auf deine Schultern steigen, dann geht's am einfachsten.«

Drei Minuten später hatte ich es geschafft und saß auf dem Dach des Gartenhauses. »Na bitte«, lachte ich.

Da war eine kleine Dachluke, die einen Spalt offen stand. Notfalls konnte man Minki vielleicht hoch locken. Dann würde er wieder den Weg nach draußen finden. Ich spähte durch das blinde Fensterchen. Hier sollte die Kleinschmitt mal putzen, dachte ich, man konnte ja kaum was erkennen. Mit meinem Ärmel wischte ich über das Glas.

Minki war tatsächlich im Gartenhäuschen, das konnte

ich von hier oben sehen. Aber wo ich Campingstühle und Hollywoodschaukel vermutet hatte, da …

»Was ist denn? Ist alles klar da oben?«, rief Heinzi ungeduldig. »David? Warum sagst du nichts?«

Einen Moment lang hatte es mir die Sprache verschlagen. Denn was ich sah, war einfach unglaublich. »Heinzi, komm mal hoch, du glaubst nicht, was ich hier entdeckt habe«, rief ich aufgeregt nach unten.

Heinzi ist leider kein sehr guter Kletterer, aber schließlich schaffte er es mit meiner Hilfe doch.

»Das gibt's doch nicht«, staunte auch er, als er endlich vor der Dachluke kniete.

Im Gartenhäuschen hockte Minki und fraß. Keine Mäuse oder Ähnliches, was man hier hätte erwarten können. Nein, Minki fraß Schinken. Um unseren Kater herum türmten sich Berge von Schinken. Alle waren in Plastikfolie verpackt. Minki hatte mit seinen scharfen Zähnen wohl die Folie aufgerissen.

»Kein Wunder, dass dieses Vieh zu Hause nicht mehr frisst und dabei immer dicker wird«, sagte ich.

Heinzi starrte ziemlich sehnsüchtig auf den Schinken. »Warum hat eure Vermieterin ein ganzes Schinkenlager?«

In diesem Moment dämmerte mir etwas.

»Was ist los, David? Warum guckst du so komisch?«

»Ich glaube, wir sind auf einer heißen Spur«, flüsterte ich. »Denk doch an den Zeitungsartikel, den Ev uns vorgelesen hat.«

Heinzi sah mich erschrocken an. »Meinst du, das ist der Schinken aus der Metzgerei, in die eingebrochen wurde?«

Ich grinste. »Ich glaube kaum, dass das die Vorräte von

der Kleinschmitt sind, auch wenn sie einen hungrigen Neffen im Haus hat. Aber wie kommt dieses Diebesgut in ihren Schuppen?«

Heinzi hielt die Luft an. »Du meinst, die Frau Kleinschmitt hat ...?«

Der hätte ich so etwas eigentlich nicht zugetraut! Aber je länger ich darüber nachdachte, umso mehr leuchtete es mir ein. »Die Kleinschitt und ihr Neffe müssen was damit zu tun haben. Wer sollte denn sonst das Zeug hier verstecken?«

Zuerst hatten wir vor zur Polizei zu gehen. Aber als wir zum Haus zurückschlenderten, kam mir eine bessere Idee. »Sag mal, Heinzi, was hältst du davon, wenn wir die Diebe fangen?«

Heinzi sah mich entgeistert an. »Bist du ver... verrückt?«, stotterte er. »Das ist doch viel zu ge...gefährlich.«

»Na komm!« Ich war total begeistert von dem Gedanken die Gauner zu schnappen. Vielleicht würden wir dafür wieder eine Belohnung bekommen, und dann könnte ich mir bestimmt mein Traumrad kaufen.

Heinzi zögerte immer noch. »Vielleicht ... na gut, aber wir müssen Ev einweihen.«

Ich überlegte kurz. Zu dritt waren wir natürlich stärker. Aber andererseits war Ev manchmal zickig und ...

»Ich mach nur mit, wenn Ev auch dabei ist«, bekräftigte Heinzi und so gab ich mich geschlagen.

»Und ihr glaubt, dass ich jetzt auf das Gartenhäuschen der Kleinschitt klettere und durch Dachluken äuge!« Ev war empört. »Und die Kleinschitt sitzt auf ihrem Balkon und schreit nach unseren Eltern und beschwert sich, dass wir ihr Eigentum kaputtmachen.« Dabei äffte sie mit hoher Stimme die Kleinschmitt nach.

»Aber glaub uns doch, es ist wirklich so!« Heinzi war den Tränen nahe.

»Na gut!« Wahrscheinlich befürchtete Ev, Heinzi würde losheulen, denn sie erklärte sich schließlich einverstanden, mit uns auf das Dach des Gartenhauses zu klettern.

Frau Kleinschmitt und ihr Kaffeekränzchen saßen tatsächlich auf dem Balkon. Neffe Herbert war auch dabei und seine Tante sorgte dafür, dass er im Mittelpunkt des Interesses stand.

Ev, Heinzi und ich warteten im Garten auf eine günstige Gelegenheit. Über uns dröhnte die Stimme der Kleinschmitt: »Herbert ist erfolgreicher Geschäftsführer, nicht wahr, Herbert?«

Das kannten wir bereits. Wieder klingelte das Telefon und wieder musste Herbert weg, zu ganz »wischtigen Geschäften, liebes Tantschen«, wie er betonte.

»Vielleicht sollten wir es jetzt wagen«, schlug ich vor. »Den ganzen Nachmittag will ich nicht hier herumsitzen. Die Kleinschitt ist bestimmt abgelenkt.«

»David hat Recht«, unterstützte mich Ev. »Lasst es uns versuchen. Aber wehe, ihr habt mich angelogen.«

Wir schlichen an Frau Kleinschmitts Rhododendronhecke entlang zum Gartenhäuschen.

»Wenn du dich überzeugt hast, dass alles stimmt, hilfst du uns dann?«, wollte Heinzi noch einmal wissen.

Ev lachte: »Ja, aber erst will ich den Schinken sehen!«

Fünf Minuten später hatten wir sie aufs Dach gehievt. Ev näherte sich gerade der Dachluke, als eine schrille Stimme von Frau Kleinschmitts Balkon ertönte: »Meine liebe Eleonore, sieh mal, sind da etwa Einbrecher?«

Die Stimme kannten wir – Frau von Zitzewitz. Die Kaffeefreundin von der Kleinschmitt war kurzsichtig.

»Mist, was machen wir jetzt?« Ev klammerte sich an einen Dachvorsprung und lächelte Richtung Balkon.

Inzwischen war auch die Kleinschmitt auf sie aufmerksam geworden. »Eva-Maria, was machst du auf meinem Gartenhaus?«, rief sie empört.

Ev überlegte fieberhaft. Das konnte man ihr vom Boden aus ansehen.

»Sag was mit ›putzen‹!«, flüsterte ich.

»Ich wollte … äh … die Ziegel waren verschmutzt und ich dachte … man sollte hier mal putzen.« Ev stotterte entsetzlich herum, aber die Kleinschmitt hatte nur »putzen« gehört und war schon fast versöhnt.

»Das Dach zu putzen, Donnerwetter, dass ich nicht selber darauf gekommen bin«, wunderte sie sich. »Aber wenn du runterfällst, muss ich den Schaden bezahlen. Jätet lieber weiter Unkraut. Sehr viel habt ihr da noch nicht geleistet!«

Missmutig machten wir uns wieder an der Hecke zu schaffen, bis Papa aus dem Fenster rief: »Kinder, hört mal her! Es gibt eine Belohnung für euch. Wir gehen heute Abend alle ins Kino; ich habe Freikarten.«

Normalerweise freue ich mich riesig, wenn wir mal einen Film ansehen dürfen, aber an diesem Abend interessierte mich mehr, was im Gartenhäuschen von Frau Kleinschmitt los war.

»Lasst es uns heute Nacht noch mal versuchen«, flüsterte ich auf der Heimfahrt vom Kino Heinzi und Ev zu.

Ev sah mich entgeistert an. »Spinnst du? Nur weil ihr Gespenster seht, soll ich noch mal da hoch klettern!« Sie schüttelte entschlossen den Kopf. »Ohne mich!«

Ich sah Heinzi an. Er schüttelte ebenfalls den Kopf. Ohne Ev wollte er auch nicht.

»Was verlangst du dafür?«, wollte ich von Ev wissen.

Sie überlegte kurz und sagte: »Dreimal abtrocknen und ... dreimal Klavier spielen!«

»Viermal abtrocknen und nicht Klavier spielen«, versuchte ich zu handeln.

»Pass auf, dass ich Klavier spielen nicht auf viermal erhöhe«, drohte sie.

Na ja, dann musste ich wohl in den sauren Apfel beißen. Ev und ich hatten nämlich ein System erfunden, auf das wir stolz waren. Im Tausch gegen Dinge wie Schokolade, Hausaufgaben, und so weiter, spielte der eine für den anderen Klavier. Ev sagte dann einfach: »Ich geh mal 'ne halbe Stunden üben, bitte stört mich auf keinen Fall«. Sie verschwand daraufhin heimlich in ihrem Zimmer und ich schlich ins Wohnzimmer, schloss vorsichtshalber noch von innen ab und übte eine halbe Stunde. Da Ev und ich ungefähr gleich schlecht spielen, ist für Mama sicherlich kein Unterschied zu hören. Papa ist sowieso unmusikalisch. »Ist Minki gerade über die Tasten spaziert oder hat jemand von euch Klavier geübt?«, fragt er manchmal.

Und jetzt sollte ich dreimal eine halbe Stunde für Ev Klavier spielen. »Also gut!« Ich nickte ergeben.

»Sobald die Erwachsenen im Bett sind«, murmelte Ev. »Aber diesmal mit Seil und Taschenlampe.«

Gegen halb eins wurde Heinzi ungeduldig. »Sag mal, gehen eure Eltern immer so spät ins Bett?«

Ev und ich nickten. Wahrscheinlich mussten wir allein aufs Gartenhäuschen. Heinzi konnte die Augen kaum noch offen halten. Jetzt musste auch ich gähnen.

Ev sah mich strafend an. »Ich wusste nicht, dass das hier ein Kindergarten ist. Habt ihr euren Mittagsschlaf nicht gehalten? In Ordnung, versuchen wir's!«

Auf Zehenspitzen schlichen wir über den Flur. Aus dem Wohnzimmer hörten wir halblautes Gelächter.

»Psst, nicht so laut, die Kinder schlafen schon«, sagte Papa eben und streckte den Kopf zur Wohnzimmertür heraus. Ich versuchte noch Heinzi ins Bad zu schieben, aber es war zu spät.

»Was habt ihr denn vor?«, staunte Mama, die uns jetzt entdeckt hatte. »Ihr wollt doch nicht nach draußen? Immerhin ist schon Mitternacht vorbei.«

Sich zu dritt als Schlafwandler auszugeben, nein, das ging auf keinen Fall, überlegte ich. Aber Papa lachte bereits. »Ach, ich verstehe. Ihr habt auch von diesem Kometen in der Zeitung gelesen. Man soll ihn ja heute und morgen Nacht sogar mit einem normalen Fernglas erkennen können. Schon die alten Ägypter …« Er hielt uns einen Vortrag, während er sein Fernglas suchte. »Das guck ich mir natürlich auch an.«

Ev, Heinzi und ich sahen uns nur an. Na großartig! So hatten wir uns das nicht vorgestellt.

»Vielleicht solltet ihr euch das auch ansehen«, sagte Papa zu Mama und Tante Sabine und so verließen wir nach zehn Minuten alle die Wohnung.

»Und wo ist jetzt dieser komische Komet?«, wollte Tante Sabine wissen, als wir draußen im Garten standen und schon eine Weile in den Himmel gestarrt hatten. Vielleicht hatte sie etwas zu laut gesprochen, denn bei der Kleinschmitt wurde die Balkontür geöffnet.

»Ach, Sie suchen auch den Kometen?«, hörten wir eine bekannte Stimme. »Eigentlisch kann man von einem Kometen nicht spreschen, es handelt sisch eher um ein Kometschen.« Herbert Kleinschmitt stand auf dem Balkon und deutete auf den Sternenhimmel. Dann wandte er sich an Papa: »Haben Sie denn ein starkes Ferngläs?«

»Klar!«, sagte Papa schnell.

Das war geflunkert, denn er besaß nur ein billiges Kaufhausglas, das Ev ihm zum Geburtstag geschenkt hatte.

»Man müsste auf einen Berg steigen, dann hätte man bessere Sicht«, überlegte Papa laut. »Hier im Garten sieht man ja nichts.«

Mama und Tante Sabine schienen von dieser Idee nichts zu halten. »Wir sind jetzt lange genug hier rumgestanden und haben die Sterne angeguckt«, meinte Mama, »lasst uns wieder reingehen.«

Heinzi gähnte vernehmlich.

»Ja, Heinzi scheint müde zu sein«, stellte Tante Sabine fest. »Die Kinder sollten endlich ins Bett.«

Ich warf einen sehnsüchtigen Blick zum Gartenhäuschen. Schade, heute Nacht würden wir wohl nichts mehr herausfinden.

Aua! Ev hatte mich in den Oberarm gezwickt. Sie sagte: »Sieh mal, Papa, wenn wir den Kometen sehen wollen, müssen wir weiter nach oben, das hast du gerade selbst gesagt.«

Papa nickte und musterte den Garten. »Du meinst, wir sollten auf den höchsten Baum klettern und uns dabei alle Knochen brechen?«

Herbert Kleinschmitt beugte sich interessiert über die Balkonbrüstung. »Es ist wirklisch schade, dass in Ihrer Wohnung oben kein Balkon ist und von meinem Zimmer ganz oben sieht man wegen der großen Tanne wirklisch nischts; isch hab's schon ausprobiert.«

Mich interessierte dieser komische Komet nicht mehr. Ich wollte nur noch schlafen. Aber Ev war ganz aufgeregt.

»Da hinten, das Gartenhaus«, schlug sie vor, »wir könnten ja da raufklettern. Ich glaube, da hat man ziemlich freie Sicht.«

Herbert Kleinschmitt zögerte einen Moment. Dann lachte er. »Das Mädschen hat ja wirklisch gute Ideen. Warten Sie ein Momentschen, isch komme gleisch runter.«

»Wie redet denn der?«, kicherte Heinzi, der inzwischen wieder munter geworden war.

»Wirklisch komisch«, gab ich lachend zurück und rannte hinter Ev her zum Gartenhaus. Plötzlich war ich überhaupt nicht mehr müde. Na bitte, jetzt konnten wir alle davon überzeugen, dass im Gartenhaus Diebesgut lagerte. Wie würde Herbert Kleinschmitt darauf reagieren? Oder hatte ich ihn vielleicht zu Unrecht verdächtigt?

»Dann wollen wir mal eine Leiter holen«, schlug Herbert Kleinschmitt vor und schloss die Tür des Gartenhauses auf. Ev, Heinzi und ich drängten uns hinter ihm rein.

»Was soll der Schwachsinn hier?«, sagte Ev und tippte sich an die Stirn.

Heinzi und ich sahen uns verblüfft an. Wo sich vor Stunden noch Riesenpakete mit Schinken befunden hatten, lehnten jetzt ein kaputter Campingtisch und eine Leiter. Hatten wir vielleicht geträumt?

Herbert Kleinschmitt und Papa sahen Ev erstaunt an.

»Bitte, Eva-Maria, was soll das? Die Leiter hier reicht doch aus«, tadelte Papa und half Herbert Kleinschmitt die alte Holzleiter aufzustellen.

Die beiden waren so damit beschäftigt, einen geeigneten Ausguck zu finden, dass ihnen gar nicht auffiel, wie überrascht Heinzi und ich waren.

»Ev, ich schwöre dir …«, flüsterte ich, aber Ev sah mich nur böse an.

»Ich friere mich hier draußen zu Tode, bloß weil ihr so verrückt seid überall Gespenster zu sehen«, flüsterte sie zurück. »Na, den komischen Kometen könnt ihr ohne mich suchen.«

Sie wollte gerade zum Haus zurück, da meinte Papa: »So, Kinder, wir helfen euch hoch. Schön langsam, dann passiert nichts.«

Papa und Herbert Kleinschmitt hielten die Leiter und wir mussten wohl oder übel auf das Dach des Gartenhauses steigen. Und da standen wir dann, bis die beiden endlich merkten, dass ihre Ferngläser doch viel zu schwach waren, um den Kometen zu entdecken.

Papa schluckte seinen Ärger hinunter und sagte: »Immerhin habt ihr mal einen schönen Sternenhimmel gesehen.«

Mama und Tante Sabine lachten nur. »Komm, schließ endlich die Haustür auf, wir wollen jetzt ins Bett«, sagte Mama ungeduldig zu Papa.

Papa sah sie entgeistert an. »Warum soll ich aufschließen? Du hast doch den Schlüssel?«

Es stellte sich heraus, dass weder Mama noch Papa noch Herbert Kleinschmitt einen Schlüssel dabei hatten, und dass ausgerechnet an diesem Abend Frau Kleinschmitt bei einer Freundin war.

»Schöne Bescherung!«, ärgerte sich Mama. »Und wie sollen wir jetzt ins Haus kommen?«

Heinzi schlief vor lauter Müdigkeit fast im Stehen ein. Ich sehnte mich auch nach meinem Bett. Sich jetzt in die Kissen zu kuscheln, das müsste herrlich sein. Stattdessen standen wir hier draußen vor der verschlossenen Haustür und froren immer mehr.

Plötzlich zuckte Heinzi zusammen. Dann lachte er und sagte: »Guckt mal, wir haben Gesellschaft gekriegt.«

Tatsächlich, Minki strich um uns herum.

»Komm, lieber Minki, sag uns mal, wie wir ins Haus kommen«, flüsterte ich ihm ins Ohr. Minki sah mich nur an und begann zu schnurren.

»Kommt mit!«, rief Ev. »Ich hab die Lösung.«

Mama und Papa sahen sie erstaunt an, aber wir rannten bereits hinter Ev her zum Kellerfenster, das bis vor kurzem noch ein schmiedeeisernes Gitter geziert hatte. Bei der Befreiungsaktion für Minki hatte es der Handwerker entfernt und – zu unserem Glück – noch nicht wieder eingesetzt.

»Wir spielen jetzt Einbrecher«, lachte Ev. »Einer von uns klettert durch und öffnet dann die Haustür von innen.« Herbert Kleinschmitt zuckte zusammen. Er befürchtete wohl, durchs Kellerfenster klettern zu müssen. Minki, der uns begleitet hatte, hopste als Erster durch das Fenster.

»Na los, ihm nach!«, schlug Ev vor und sah mich auffordernd an. Ich hatte gar keine Lust in den finsteren Keller zu klettern. Ehrlich gesagt, ich hatte sogar ein bisschen Angst.

»Ich glaube, Ev, du bist die Dünnste von uns allen«, stellte Papa fest und drückte ihr die Taschenlampe in die Hand. »Das schaffst du doch, oder?«

Ev warf mir noch einen vernichtenden Blick zu, bevor sie durch das offene Fenster in den Keller stieg.

5

»Wo bleibt Ev bloß?«, sorgte sich Mama nach einer Weile. »So weit ist es doch nicht bis zur Haustür.«

Auch Herbert Kleinschmidt schien beunruhigt zu sein. »Was macht das Mädschen bloß?« Er steckte seinen Kopf durch das Fenster und rief: »Beeilung, Mädschen, Beeilung!«

»Vielleicht hat sie sich schon ins Bett gelegt und träumt süß«, spottete ich, obwohl mir gar nicht lustig zumute war. Das war alles ein Riesenreinfall gewesen. Von wegen Diebesgut und so! Ev würde mir in Zukunft natürlich nichts mehr glauben, das war sicher.

Papa lief ungeduldig hin und her. »Ganz schön frisch hier«, murmelte er und steckte die Hände in die Hosentaschen. »Hoppla, was haben wir denn da!« Er schwenkte einen Schlüssel. »Na bitte. Jetzt lobt mich aber mal.«

Mama warf ihm einen strengen Blick zu. »Hättest du nicht vor zehn Minuten in deiner Hosentasche kramen können? Jetzt schließ endlich auf!«

Schuldbewusst steckte Papa den Schlüssel in die Eingangstür. Im gleichen Moment wurde sie von innen geöffnet.

»Hereinspaziert!«, sagte Ev und stutzte, als sie den Schlüssel sah. »Warum jagt ihr mich mitten in der Nacht durch den Keller, wenn ihr einen Schlüssel habt?«, fragte sie entrüstet.

»Dein Vater wusste nicht mehr, dass er doch einen Schlüssel dabei hatte«, erklärte Mama und schaute Tante Sabine viel sagend an.

Hauptsache, wir waren im Haus.

Darüber war auch Herbert Kleinschmitt froh. Er hatte die letzten Minuten kein Wort mehr gesagt. »Oh, ich glaube, das Telefon klingelt«, murmelte er nur noch, winkte uns flüchtig zu und verschwand nach oben.

»Ratet mal, was ich im Keller entdeckt habe!«, sagte Ev triumphierend, als Heinzi und ich schon im Bett lagen.

Auf einen Schlag wurde ich wieder hellwach.

»Passt auf!« Ev wirkte sehr zufrieden. »Ich bin durch das Kellerfenster geklettert und wollte vom Kohlenkeller zur Treppe laufen. Es war übrigens ziemlich unheimlich, ihr hättet euch das nie getraut, aber egal. Minki war ja mit dabei. Aber der Kater wollte unbedingt im Keller bleiben. Da hab ich mir natürlich meine Gedanken gemacht.« Jetzt hatte Ev bemerkt, dass Heinzi am Einschlafen war. »Unmöglich«, ärgerte sie sich, »ich erzähle euch hier wichtige Dinge und ihr schlaft.« Sie warf wütend eine Socke nach Heinzi.

»Ich hör doch, ich hab nur die Augen zu«, murmelte er.

»Also passt auf! Ich will Minki hoch nehmen, da seh ich plötzlich, warum der gar nicht will. Er schleckt nämlich gerade an einem Stück Plastikfolie rum, das auf dem Boden liegt, und das hab ich euch mitgebracht, direkt aus dem alten Kohlenkeller!« Ev wedelte mit einer hellrosa Plastikfolie direkt vor meiner Nase rum.

»Was soll das?«, knurrte Heinzi. »Lass uns endlich schlafen! Es ist gleich zwei Uhr.«

Aber Ev war nicht zu bremsen. »Ihr seid vielleicht Meisterdetektive«, spottete sie. »Soll ich euch vorlesen, was hier steht?« Wieder hielt sie mir das Stückchen Folie vors Gesicht.

»…euchle …chink …«, entzifferte ich mit Mühe. »Ist das Chinesisch?«

»Nein, das ist reinstes Hochdeutsch und das heißt Beuchle-Schinken und davon wurde gestern in der Zeitung berichtet und …« Ev musste erst mal Luft holen, bevor sie fortfuhr. »Aber wie kommt der gestohlene Schinken aus der Metzgerei Beuchle in das Gartenhäuschen von Frau Kleinschmitt und von dort in ihren alten Kohlenkeller?«, fragte sie und gab sich gleich selbst die Antwort. »Es muss eine Verbindung zwischen der Kleinschmitt, dem Schinken und den anderen Diebstählen geben, da bin ich mir ganz sicher. Ich mache mit bei der Aufklärung des Falles!« Sie hielt uns beiden die Hand hin.

Jetzt hätte ich Ev erklären können, dass ich bereits am Nachmittag zum selben Ergebnis gekommen war. Aber ich tat es nicht, weil ich über Evs Angebot froh war.

»Und Herbert Kleinschmitt hat auch was damit zu tun, sonst hätte er uns nicht das Gartenhaus aufgeschlossen. Er wusste nämlich, dass der Schinken schon woanders ist.« Heinzi hatte sich aufgesetzt und glühte vor Eifer.

»Vielleicht ist er aber auch völlig ahnungslos«, überlegte ich. »Vielleicht hat er gar nichts anderes als den alten Plunder dort erwartet.«

»Ich frage mich nur, wo das Zeug jetzt ist«, unterbrach mich Ev. »Außer diesem Stück Folie war im ganzen Keller nichts zu entdecken. Ob Herbert Kleinschmitt es beiseite geschafft hat?«

Vielleicht war es auch die Kleinschmitt allein?«, überlegte ich laut.

Ev sah mich entgeistert an. »Nein, doch nicht die Kleinschmitt. Die hat zwar einen Putzfimmel, aber das ist ja nicht strafbar. Die ist viel zu harmlos dafür. Da steckt bestimmt der Neffe dahinter. Denk doch mal logisch. Ihr zwei behauptet, heute Nachmittag habe sich der Schinken im Gartenhäuschen befunden. Heute Abend ist er nicht mehr dort, aber eine Spur« – Ev schwenkte die Plastikfolie – »führt in den Keller. Dort habe ich vorhin aber überhaupt nichts von dem Zeug gefunden. Folglich muss es jemand vom Gartenhaus über den Keller wegtransportiert haben. 400 kg Schinken, da braucht man Kraft. Ich glaube, der Neffe hat was damit zu tun.«

»Morgen reden wir weiter«, schlug ich vor. Ich konnte die Augen kaum noch offen halten. »Aber nicht vor elf!«

Gut, dass Ev mitmacht, dachte ich beim Einschlafen. Das tolle Trio ist wieder zusammen. Beruhigt drehte ich mich auf die andere Seite.

Komisch, seit wann kann denn ein Schinken Fahrrad fahren? Außerdem hatte dieser Schinken ein Gesicht. Es war Herbert Kleinschmitt; ich erkannte ihn an den Preisschildern an den Schuhsohlen. Gerade wollte ich rufen:

»Stopp! Das Rad gehört Ralf«, da wurde ich ziemlich unsanft geweckt.

»Typisch David«, hörte ich Evs Stimme, »er verschläft immer.«

Bevor ich sauer werden konnte, besänftigte sie mich: »Ich habe mir überlegt, dass wir erst ein ordentliches Frühstück brauchen. Die Eltern und Tante Sabine sind zu einer Ausstellung gefahren. In der Küche liegt ein Zettel. Wir können in aller Ruhe Kriegsrat halten.«

Ev hatte den Tisch schön gedeckt. Auf jedem Teller lagen drei Scheiben Schinken. »Damit ihr wisst, um was es geht«, betonte sie, als ich mir die erste Scheibe in den Mund schob.

Wir beschlossen, alles zu notieren, was wir wussten und noch wissen wollten. »So machen das große Detektive auch«, behauptete Ev.

Nach einer halben Stunde stand auf unserem Zettel:

Diebstahl von 400 kg Schinken, Metzgerei Beuchle/ genaues Datum und Uhrzeit ermitteln.

Wo wurden weitere Fahrräder gestohlen?

Überwachung von Frau Kleinschmitt und ihrem Neffen?

»Na ja«, überlegte ich laut, »bringt uns das weiter?«

Kurz entschlossen zerriss Ev den Zettel in kleine Stücke. »Dann sag doch mal, wie wir es besser machen könnten.«

»Ich hab eine Idee«, meinte Heinzi nachdenklich. »Habt ihr mal überlegt, weshalb die Frau Kleinschmitt euch gekündigt hat?«

Ev nickte. »Du meinst, sie befürchtet, dass wir von diesen Dingen was mitkriegen könnten? Ja, das ist plausibel. In der Wohnung hier könnten sie das Diebesgut lagern. Das spricht dafür, dass sie in diese Sache verwickelt ist. Aber wie gehen wir weiter vor?«

Heinzi gähnte laut und vernehmlich. »Ich glaube, ich würde ganz gern erst ein bisschen schlafen, ich meine natürlich nur, wenn ihr nichts dagegen habt.«

Ich musste grinsen. Manchmal kam in Heinzi noch der Musterknabe durch.

»Ja, ja, leg dich ruhig hin«, beruhigte ihn Ev, »David kann mir ja beim Nachdenken helfen.«

»Ach du lieber Himmel!« Mir war gerade etwas ziemlich Ärgerliches eingefallen. »Hat nicht Tante Sabine gesagt, dass sie heute wieder fahren?«

»Blöd«, stimmte Ev zu, »einfach zu blöd!«

»Wir müssen einen Grund finden, weshalb sie nicht fahren können – die Bahn streikt«, schlug ich vor.

»So'n Blödsinn«, sagte Ev, »hier in Deutschland doch nicht.«

»Und wenn Heinzi krank würde?«, fragte ich.

Ev überlegte kurz. »Du meinst Bauchweh, oder was Ähnliches? Hm, na ja, dann kriegt er ein Mittelchen, damit er die Fahrt übersteht, und muss sich zu Hause gleich ins Bett legen. Nein, wir brauchen eine Krankheit, bei der man überhaupt nicht Zug fahren kann. Ich dachte an …«

Sie verließ die Küche und kam fünf Minuten später mit einem dicken Buch zurück. »Kindersprechstunde« stand darauf. Ev begann vorzulesen. Nach einer Weile ließ sie das Buch sinken und meinte: »Es hilft alles nichts. Ich glaube, das Einfachste ist, wenn Heinzi eine Schachtel Mohrenköpfe und hinterher zwölf Essiggurken isst. Dann geht es ihm so schlecht, dass er …«

Ev wandte sich um. Heinzi stand an der Tür und hatte wahrscheinlich alles gehört. Der Ärmste! Er guckte ziemlich ungläubig. »Was soll ich essen?«, erkundigte er sich.

»Jetzt hör mal her, Heinzi!« Ev sah ihn ganz freundlich an. »Du willst doch sicherlich mitmachen, wenn wir die Diebe fangen.« Heinzi nickte eifrig. »Jetzt gibt es nur ein kleines Problem: Ihr fahrt heute wieder. Wir haben uns jetzt alle möglichen Krankheiten, die du kriegen könntest, überlegt. Es hilft alles nichts: Du brauchst einen verdorbenen Magen.«

Heinzi hatte schon die ganze Zeit versucht, Ev zu unterbrechen. »Das ist überhaupt kein Problem, weil …«

Toll, dachte ich. Ob ich an Heinzis Stelle auch bereit gewesen wäre zwölf Mohrenköpfe und hinterher zwölf Essiggurken zu vertilgen?

Heinzi grinste ziemlich erleichtert. »Also das ist überhaupt kein Problem, weil ich sowieso die ganze nächste Woche noch dableibe. In Bayern hören die Sommerferien nämlich später auf als hier«, klärte er uns auf, als er unsere erstaunten Gesichter sah. »Meine Mutter meinte, wenn es mir bei euch gefällt, könnte ich ja noch hier bleiben. Ich bin dann zum ersten Mal allein von zu Hause weg.«

Hoffentlich bekommt Heinzi kein Heimweh, überlegte ich mir. Ev schien ähnliche Bedenken zu haben.

»Sag mal, Heinzi«, fragte sie, »wie ist das denn, wenn deine Mutter nicht da ist?«

Heinzi sah sie ärgerlich an. »Stell dir vor, ich schlafe ein, ohne dass meine Mutter an meinem Bett sitzen muss!«

Oje, fing jetzt die Streiterei zwischen Ev und Heinzi an? Bisher hatten die beiden sich immer vertragen. Heinzi stand auf und blickte aus dem Fenster. Ich glaube, er war ziemlich beleidigt.

»Guckt mal, wer da kommt!«, rief er plötzlich. Wir rannten zum Fenster und sahen Herbert Kleinschmitt, der mit seiner Tante gerade auf das Haus zusteuerte.

»Wie kann man sich nur so anziehen?«, sagte Ev grinsend. »Der sollte sich mal ein paar ordentliche Klamotten klauen.«

Ich wollte Ev ja nicht daran erinnern, wie ihr Schwarm Lars manchmal herumlief, aber Herbert Kleinschmitt hatte keinen Geschmack, das sah man ganz deutlich. Er trug eine rote Hose, ein dunkelblaues Jackett, ein hellblaues Hemd und eine schwarzgelb gemusterte Krawatte.

»Wir sollten Herbert Kleinschmitt einen Decknamen geben«, überlegte Heinzi. »Ich hab auch schon einen.« Er kicherte. »Wir nennen ihn Salamander!« Er reichte mir das Fernglas, mit dem er Herbert Kleinschmitt genau gemustert hatte. »Guck dir mal die Krawatte genauer an!« Tatsächlich, auf seiner Krawatte waren lauter Salamander abgebildet.

»So, wir starten jetzt die Aktion ›Salamander‹!«, befahl Ev. »Und wir vertragen uns wieder, ja?«

»Wir sollten auf Spurensuche gehen«, schlug ich vor. »Fußspuren sichern, Fingerabdrücke nehmen und lauter solche Sachen!«

Ev sah mich spöttisch an. »Er liest wohl zu viele Krimis«, sagte sie, »unser kleiner Sherlock Holmes. Das können wir doch gar nicht. Nein, wir müssen anders vorgehen.«

Dabei zog sie die Stirn in Falten und wirkte, als denke sie angestrengt nach. Heinzi sah sie erwartungsvoll an. Aber ich erwartete gar nichts. Ich kenne das nämlich schon. Irgendwann hat mir Ev mal gestanden, dass sie nur so tut als ob. In der Schule wirkt das ganz toll, hat sie behauptet. Wenn sie was nicht kapiert – ich glaube, das kommt oft vor –, dann setzt sie einfach ihr Nachdenkgesicht auf und der Lehrer glaubt, sie mache sich ernsthaft Gedanken.

Gerade wollte ich mir noch ein Stück Schokolade aus der Speisekammer holen, da klingelte es. Nicht einmal, zweimal oder dreimal. Nein, da bekam irgendjemand den Finger gar nicht mehr von der Klingel. Vorsichtig spähte ich durch den Spion und öffnete dann die Tür.

Vor der Wohnungstür stand Frau Kleinschmitt mit ihrem Neffen.

»Na, wo sind denn eure Eltern? Wieder keiner da, was? Egal, wir müssen einiges anschauen, nicht wahr, Herbert?« Der zupfte an seiner Krawatte herum. Fast hätte ich gegrinst.

»Jetzt wird erst mal die Wohnung ausgemessen!« Die Kleinschitt hantierte mit einem Meterstab und kam bedrohlich näher. »Herbert, wo sind die Maße von deinen Möbeln?«

Der Salamander zog ein Adressbuch aus seinem Jackett und blätterte die ersten Seiten durch. Er runzelte die

Stirn. »Wo hab isch denn den Plan gelassen? Ach hier.« Er streckte seiner Tante einen karierten Zettel hin. »Das schwarze Ledersofa hat zwei Meter vierzig, der Fernsehsessel ist genau einen Meter breit. Der Glastisch passt unter das Fenster.«

Die Kleinschmitt sah ihren Neffen bewundernd an. »Dann wird es hier endlich mal ordentlich aussehen«, sagte sie zufrieden. »Diese Möbel sind ja schon ziemlich abgenutzt.«

Diese blöde Kuh, dachte ich. Aber wir wohnen wenigstens in unseren Zimmern und benutzen unsere Möbel. Nicht wie bei der Kleinschitt, die ihre Wohnzimmermöbel mit weißen Laken abdeckt, damit sie geschont werden.

»Oh, ist das ein echtes Hermani-Jackett?«, fragte Heinzi plötzlich und schaute den Salamander bewundernd an.

Herbert Kleinschmitt lächelte geschmeichelt. »Ja, das ist von Hermani, die Hose von Dufour und die Krawatte«, er rückte seine Salamander zurecht, »ist eschte Seide von Kingsbury.«

»Wahnsinn«, staunte Heinzi, »das sind ja irre teure Klamotten.«

»Herbert muss sich in seinem Beruf natürlich hervorragend kleiden«, mischte sich die Kleinschmitt ein.

»Wo arbeiten Sie denn?«, wollte Ev wissen.

»Isch bin selbständiger Geschäftsführer«, murmelte der Salamander. Er steckte sein Adressbuch wieder in sein Jackett und zog unser altes Sofa ein bisschen zur Seite.

»Igitt, wie sieht's denn hier aus!«, rief die Kleinschmitt

empört, als sie einen Blick hinter das Sofa geworfen hatte. Dabei machte sie ein Gesicht, als hätte sie in eine Zitrone gebissen. »Das kommt von diesen merkwürdigen Familienverhältnissen«, flüsterte sie ihrem Neffen zu, aber laut genug, dass wir es deutlich hören konnten.

»Das wird ja jetzt alles anders, Tantschen«, beruhigte sie ihr Neffe. Ich fand, er sah auch nicht gerade putzwütig aus.

»An Ihrer Stelle würde ich so ein teures Jackett lieber ausziehen, wenn's hier so staubig ist«, mischte sich Heinzi ein.

Frau Kleinschmitt sah ihn erstaunt an. »Der Kleine hat Recht, Herbert«, sagte sie, »zieh die Jacke lieber aus, bevor du das teure Stück hier dreckig machst.«

Am liebsten hätte ich Heinzi eine Ohrfeige gegeben. Das konnte doch nicht wahr sein. Er schleimte sich direkt bei den Kleinschitts ein. Und jetzt nahm er dem Salamander noch das Jackett ab, um es auf einen Bügel zu hängen.

»Pass doch auf, Kleiner«, fuhr der Salamander ihn an, als Heinzi das Jackett beim ersten Versuch vom Bügel rutschte, »isch sagte doch bereits, was für ein teures Stück das ist.«

Heinzi lächelte entschuldigend und verschwand aus dem Zimmer.

»Der kriegt aber Ärger nachher«, murmelte ich und sah Herbert und seiner Tante zu, die jetzt ins Esszimmer gingen.

»Wirklisch entzückend, die Möbel hier«, hörte ich Herbert sagen. »Man sieht doch gleisch, Tantschen, dass du wirklisch Geschmack hast.«

Als die Wohnungsbesichtigung zu Ende war, rannten Ev und ich in mein Zimmer. Heinzi saß auf dem Bett und grinste.

»Sag mal, spinnst du oder bewunderst du den Salamander jetzt plötzlich?« Ev war ernsthaft empört und ich war auch ziemlich enttäuscht. »Wirklich, Heinzi, von dir hätte ich das zuletzt erwartet.«

Heinzi grinste nur noch breiter. »Wisst ihr, manchmal muss man einfach die Arbeitsmethode wechseln.« Er war allerbester Laune. »Ich fand, der Zeitpunkt war gekommen. Seht mal, was ich hier habe!« Er schwenkte stolz ein rotes Adressbuch. »Da staunt ihr, was?« Heinzi platzte förmlich vor Stolz über seine Tat.

»Hast du das dem Salamander geklaut?«, wollte Ev wissen.

»Nee, nicht geklaut«, verbesserte Heinzi, »das Adressbuch fiel heraus, als ich das Jackett auf einen Bügel hängen wollte. Na ja, ich hab ein bisschen nachgeholfen. Und dann hab ich es mir halt mal kurz ausgeliehen. Er kriegt's ja wieder zurück.«

»Außerdem ist er möglicherweise kriminell, da muss man auch zu solchen Methoden greifen«, unterstützte ihn Ev. »Jetzt wollen wir unseren Fang aber mal genau anschauen.« Sie blätterte neugierig in Salamanders Adressbuch herum.

»Hochinteressant, äußerst aufschlussreich!«, murmelte sie nach einer Weile.

»Los, lass hören!«, sagte ich aufgeregt. Vielleicht waren wir der Aufklärung des Falles doch ein Stück näher gekommen.

Ev machte ein bedeutungsvolles Gesicht.

»Jetzt mach's doch nicht so spannend«, sagte ich.

Ev kicherte. Dann wurde sie wieder ernst. »Gut«, sagte sie, räusperte sich und fuhr fort: »Sehen wir doch mal unter dem Buchstaben H nach: Hemdenbüglerei Hauenstein – stets topgebügelte Hemden. Konradstraße 18. Und hier steht: Gepflegtes Schuhwerk durch Schuster Heberle, Fontanestraße 3.«

Heinzi und ich guckten ziemlich ungläubig. Ev ließ das Adressbuch sinken und sah uns an.

»Stellt euch vor, solche Sachen stehen hier drin.« Sie hielt uns das Adressbuch vor die Nase.

»Vielleicht sollten wir das mal für Papa und Mama abschreiben, die bügeln doch beide so ungern!«, schlug ich vor. »Dann hat dieses blöde Adressbuch wenigstens einen Sinn gehabt.« Ich warf Heinzi einen finsteren Blick zu. Mit seiner Aktion hatte er nicht viel erreicht.

Das sah er wohl selber ein, denn er wirkte ziemlich bekümmert. »Ich dachte nur, vielleicht ...«, fing er an, wurde dann aber ruhig, als er Evs Blick sah.

Jetzt tat er mir schon fast wieder Leid, denn ich kenne diesen Blick aus eigener Erfahrung. Glücklicherweise klingelte das Telefon. Es war Lars, und damit stieg Evs Laune wieder beträchtlich.

Heinzi und ich saßen in meinem Zimmer und starrten vor uns hin. »Vielleicht sollte ich mal für die Mathearbeit nächste Woche lernen«, beschloss ich schließlich und holte mir mein Matheheft. »Du hast es gut, Heinzi, du hast wenigstens noch Ferien.«

Heinzi seufzte nur leise. Während ich mich mit den

Aufgaben der letzten Wochen herumplagte, blätterte er immer wieder das rote Adressbuch durch.

»Mensch David, ich hab 'ne Idee«, rief er plötzlich laut. Ich zuckte zusammen, denn über den ganzen Matheaufgaben war ich fast eingeschlafen. »Guck mal, was ich hier gefunden habe: *Tüchtiger Zeitungsbote gesucht für Urlaubsvertretung. Bereich Lessingstraße bis Schillerplatz. Telefon …«* Heinzi hielt einen zerknitterten Zettel in der Hand.

»Wo hast du denn den her?«, wollte ich wissen.

»Hier, der lag in diesem Adressbuch. War wohl mal eingeklebt. Vielleicht wär das was für dich? Du könntest damit Geld für dein Fahrrad verdienen!« Heinzi war ganz begeistert von seiner Idee.

»Ich weiß doch gar nicht, wie alt der Zettel schon ist, und am Sonntag ist bestimmt niemand zu erreichen. Na gut, ich ruf mal an«, lenkte ich ein, als ich Heinzis enttäuschtes Gesicht sah.

»Bei uns wird am Sonntagnachmittag gearbeitet«, sagte die freundliche Dame bei der Zeitung. Tatsächlich hatte ich eine Stunde später einen Job, zwar nur für zehn Tage, aber immerhin. Ab dem übernächsten Morgen sollte ich von vier bis sechs Uhr Zeitungen austragen.

»Wir können ja die ersten Tage zusammen gehen, dann ist es leichter«, schlug Heinzi vor. Ausgerechnet Heinzi, der morgens nicht aus dem Bett kam.

»Aber davon kein Wort zu Ev«, ermahnte ich ihn. »Das bleibt unser Geheimnis.«

Heinzi sah mich fragend an.

»Weißt du, Heinzi, eine große Schwester kann manchmal ganz schön nerven. Ab und zu glaubt sie nämlich, mich erziehen zu müssen, und verhält sich dann wie Mama. Die würde mir nie erlauben morgens Zeitungen auszutragen, da bin ich mir ganz sicher. Aber ich glaube nicht, dass es allzu viel Ärger geben würde«, fügte ich hinzu, als ich Heinzis Gesichtsausdruck sah.

An der Eingangstür klingelte jemand Sturm. Aber es war nicht Herbert Kleinschmitt mit seiner Tante, wie ich einen Moment lang befürchtete, sondern die Eltern und Tante Sabine.

»Wir standen eine geschlagene Stunde im Stau«, stöhnte Mama. »Jetzt müssen wir schnell zum Bahnhof. Sabines Zug fährt in zwanzig Minuten.«

Heinzi half seiner Mutter die Reisetasche zum Auto zu tragen.

»... du musst die Zähne genau drei Minuten putzen und das bitte nach jeder Mahlzeit«, hörte ich Tante Sabine sagen.

Ich grinste. Solche Ermahnungen kannte ich. Als die Eltern mit Tante Sabine zum Bahnhof fuhren, konnte ich es mir nicht verkneifen zu fragen: »Sag mal Heinzi, hast du heute schon drei Minuten lang die Zähnchen geputzt?«

»Na, so was!« Mama starrte ziemlich verdutzt auf den Zettel, den sie gerade aus dem Briefkasten gefischt hatte. »Meinst du, man kann das ernst nehmen? Die Unterschrift ist ja total unleserlich.« Sie schob Papa den Zettel hin.«

»An Familie Zimtröter. Sie suchen doch eine neue Wohnung«, las Papa vor. »Habe wunderschönes Angebot für Sie: ein Haus mit sieben Zimmern zu einem sehr günstigen Preis. Kommen Sie bitte mit der ganzen Familie heute Abend um 21 Uhr in die Gartenstraße 13. Wichtig: Ich will die ganze Familie kennen lernen.«

Mama lachte. »Wahrscheinlich erlaubt sich da einer einen dummen Scherz. Obwohl, ich habe in allen Geschäften hier gesagt, dass wir ausziehen müssen und dringend etwas suchen. Wir sollten heute Abend einfach hingehen und gucken, ob …«

»Muss ich da mit?«, maulte Ev. »Wir schreiben doch morgen in der ersten Stunde eine Arbeit. Da sollte ich schließlich ausgeruht sein.«

Das war ein Argument. Mama blickte Papa fragend an.

»Na ja, ich weiß nicht«, meinte der. »Wir Erwachsenen sollten es uns erst mal allein ansehen. Die Kinder können wir dann ja ein anderes Mal mitnehmen.«

Eigentlich wollte ich mich an diesem Abend früh ins Bett legen, aber Ev hatte etwas anderes vor. »Alle in meiner Klasse haben schon mal *Eddy's Horror-Burg* gesehen, nur ich nicht. Heute Abend ist das die Chance. Die Sendung geht nur eine dreiviertel Stunde, und so lange werden die Eltern wohl weg sein. Ihr zwei seid bloß ruhig! Wehe, einer von euch petzt!«

Heinzi guckte erschrocken. »Aber das ist doch nichts für Kinder. Ich hab gehört, dass es sehr gruselig sein soll.«

Ev zog geräuschvoll die Nase hoch. »Tja, für euch zwei ist das natürlich nichts. Ihr könnt solange *Mensch ärger dich nicht* oder *Fang den Hut* spielen. Ich guck's mir auf alle Fälle an, den Anfang zumindest.«

Ev, die bestimmt nicht die Mutigste war, schien entschlossen, sich diese Fernsehsendung anzuschauen. Vielleicht sollte ich auch, überlegte ich. Dann würde ich in der Schule ganz locker sagen: »Habt ihr gestern auch *Eddy's Horror-Burg* gesehen? War doch cool!«

Heinzi sah mich fragend an. »Sag mal, spielst du mit dem Gedanken auch fernzusehen?«

Ich nickte. »Entweder wir alle oder keiner. Das muss Ev einsehen.«

Heinzi war eindeutig unwohl bei dem Gedanken, sich abends einen Horrorfilm angucken zu müssen. Ein paarmal noch versuchte er an diesem Nachmittag mich davon abzubringen, aber vergeblich. Ev hatte auch nichts dagegen. Ich glaube, sie war ganz froh, dass sie nicht allein vor dem Fernseher sitzen musste.

Viertel vor neun verabschiedeten sich die Eltern. »Falls es wirklich was Grandioses sein sollte und wir das Haus nur bekommen, wenn der Vermieter euch gesehen hat, dann holen wir euch natürlich«, sagte Papa lachend. »Ansonsten reicht es vielleicht, wenn Mama und ich einen guten Eindruck machen.« Er zwinkerte Heinzi zu und machte einen Diener.

»Jetzt lass den Blödsinn!«, schimpfte Mama. »Wo ist denn bloß meine Handtasche? Habt ihr Zähne geputzt? In zehn Minuten ist das Licht aus!« Sie warf uns dreien noch eine Kusshand zu und dann waren wir allein in der Wohnung.

6

»Sollen wir wirklich?« Heinzis Stimme zitterte leicht. »Ich meine, wir kriegen dann vielleicht Alpträume.«

Ev lachte kurz auf. »Ich kriege Alpträume, wenn ich weiterhin die Einzige in der Klasse bin, die nicht mitreden kann bei diesen Dingen. Aber falls es euch beruhigt: Das Blut ist nicht echt. Die nehmen Ketchup oder so was.«

Blut! Mir wurde doch schon bei der kleinsten Verletzung übel. Ev hatte bereits den Fernseher angestellt und suchte das richtige Programm. Dabei gab sie uns Anweisungen: »Ihr löscht in der ganzen Wohnung das Licht. Falls die Eltern früher nach Hause kommen, machen wir sofort die Glotze aus und verschwinden im Bett. Verstanden! Außerdem drehen wir den Ton ganz leise, damit wir sie gleich hören.«

21 Uhr! Heinzi, Ev und ich starrten gebannt auf die Mattscheibe. *Eddy's Horror-Burg* hatte gerade angefangen. Wie von Geisterhand öffnete sich ein Burgtor und gab den Blick auf ein halbverfallenes Gemäuer frei. Ein Käuzchen schrie leise und im Nebel tauchte eine Gestalt in einem schwarzen Kapuzenmantel auf. Die Gestalt kam näher und hob eine Axt.

Ich merkte, wie meine Hände die Sessellehne umklammerten. Heinzi hielt die Augen geschlossen und sogar Ev sah auf die Seite.

Vorsichtig blinzelte ich mit halb geschlossenen Augen. Beinahe musste ich lachen. Ein Mann hielt eine Bierdose in die Höhe. »Werbung, Leute, es ist ganz harmlos«, informierte ich Ev und Heinzi.

Dann tauchte wieder der Mann mit der Axt auf. Er schlich durch das Gemäuer, die Axt unter seiner Kutte halb verborgen. Plötzlich ein heiserer Schrei – in der Ecke lehnte ein Skelett.

»Ist bestimmt aus Plastik, aus Plastik«, murmelte Heinzi. Er lutschte an seinem Daumen. Ich schloss vorsichtshalber die Augen. Wer weiß, was als Nächstes passieren würde. Vielleicht war es doch keine gute Idee gewesen alle Lichter auszumachen.

Jetzt hörte man, wie ein Schlüssel ins Schloss gesteckt wurde, dann das Knarren einer Tür. Zwischen meinen gespreizten Fingern hindurch wagte ich einen Blick zum Bildschirm. Komisch, warum knarrte die Tür? Das passte doch gar nicht. Es wurde nämlich gerade für Schokoriegel geworben. Ich stieß Ev in die Seite. Sie öffnete die Augen und flüsterte unwillig: »Was ist denn los?«

Aber sie kapierte schneller als ich oder Heinzi. »Da ist jemand in der Wohnung«, zischte sie.

Heinzi sah sie verständnislos an. »Wer? Eure Eltern?«

Ja, dachte ich, das müssen die Eltern sein. Um uns nicht zu wecken, sind sie besonders leise und machen kein Licht an.

Ev schüttelte den Kopf. »Nein«, flüsterte sie, »das sind

nicht die Eltern.« Ihre Augen verrieten mir, was sie dachte: ein Einbrecher!

Das Wohnzimmer war durch das Fernsehbild in ein bläuliches Licht getaucht. In der Diele sah man den Strahl einer Taschenlampe suchend herumirren. Ich schaute auf den Bildschirm und machte sofort wieder die Augen zu. Ich hatte Eddys grässliches Gesicht in Großaufnahme gesehen.

»Hinters Sofa, schnell!«, wisperte Ev und zerrte Heinzi und mich mit.

Wir kauerten hinter dem Sofa. Ich hörte mein Herz ganz laut schlagen. Heinzi klammerte sich an Ev. Die beiden sahen in diesem fahlen Licht ganz bleich aus, wie Gespenster.

Jetzt glitt der Strahl der Taschenlampe durchs Wohnzimmer. Ich hielt den Atem an. Im Halbdunkel sah ich, dass die Gestalt, die inzwischen mitten im Zimmer stand, auch eine schwarze Kapuze trug.

Ev, Heinzi und ich pressten uns aneinander. Wenn doch die Eltern endlich kämen! Oder sollte ich versuchen zum Telefon zu robben und die 110 zu wählen?

Der Einbrecher öffnete die Schranktüren der Anrichte, leuchtete hinein und sah sich dann unschlüssig um. Sekunden später war das Licht der Taschenlampe erloschen.

Wieder hörte man, wie ein Schlüssel umgedreht wurde und die Eingangstür knarrte. Die Eltern! Ich wollte laut schreien, bekam aber keinen Ton heraus.

Der Einbrecher duckte sich kurz, öffnete dann das Fenster und schwang sich auf den Fenstersims. Einen

Moment lang sah ich etwas Funkelndes an seinem Hals aufblitzen. Dann verschwand der Eindringling lautlos in der Nacht.

»Was ist denn hier los?« Mama stand mitten im Wohnzimmer. Sie schüttelte entsetzt den Kopf und fragte wieder: »Was ist denn hier los?«

»Unsere lieben Kleinen sehen sich gerade einen Horrorfilm an«, sagte Papa, bevor er den Fernseher entschlossen abstellte.

Ev, Heinzi und ich krochen hinter dem Sofa vor.

»Eva-Maria Mathilde, David, Heinzi!« Mama sah uns fassungslos an. »Könnt ihr mir mal erklären, was …?«

»Mama, d-d-da war ein Einbrecher, mit einer schwarzen K-K-Kapuze. Er hat hier rumgeleuchtet und in den Schrank g-g-gesehen«, stotterte ich.

»Wenn man sich einen solchen Quatsch im Fernsehen anguckt, muss man sich nicht wundern hinterher Gespenster zu sehen«, regte sich Mama auf.

Ev protestierte. »Aber hier war ein Einbrecher, wirklich, ich schwör's!«

Papa öffnete die Schranktür. »Toller Einbrecher«, lachte er. »Er hat überhaupt nichts mitgenommen. Oder meint ihr, der wollte den Saustall hier aufräumen?«

»Papa, hier hat wirklich jemand eingebrochen«, beteuerte ich nochmals.

»Und wo ist er jetzt?«, wollte Papa wissen.

Heinzi deutete auf das halboffene Fenster. »Da is' er raus«, flüsterte er. »Hoffentlich kommt er nicht wieder. Bitte ruft die Polizei an.«

Papa warf einen flüchtigen Blick aus dem Fenster. »Ihr

meint, er hat sich hier am Mauervorsprung entlang gehangelt und ist dann direkt auf Frau Kleinschmitts Küchenbalkon geklettert. Wahrscheinlich räubert er gerade den Kühlschrank unserer Vermieterin aus.«

Ev zog Papa am Arm. »Bitte Papa, geh doch mal runter und guck nach«, bettelte sie. »Wir haben uns das nicht eingebildet.«

»Ihr drei marschiert jetzt sofort in eure Betten«, befahl Mama. »Ich habe genug von diesem Blödsinn. Wir werden uns jetzt doch nicht noch bei der Kleinschmitt blamieren. Auf alle Fälle sollte euch das eine Lehre sein. Nie wieder Horrorfilme, verstanden?!«

Wir nickten betreten.

»Das war ein Abend!«, seufzte Papa. »Zuerst schickt uns ein Witzbold zur Gartenstraße 13. Die Hausnummer gibt es aber gar nicht. Und dann kommt man nach Hause, die Kinder sitzen vor einem Horrorfilm und haben leibhaftige Einbrecher gesehen. Angenehme Alpträume. Gute Nacht!«

Mama ließ sich in den Sessel sinken. »Bitte bring mir ein großes Glas Wein, Schatz!«

Am frühen Nachmittag des nächsten Tages erwarteten wir die Eltern von einem »wichtigen Termin« zurück. Genaueres hatten sie uns nicht sagen wollen. Gut, ich gönnte den Eltern ruhig auch mal ein Geheimnis. Wir hatten genug eigene Probleme.

»Ich weiß ganz genau, dass wir uns das gestern Abend nicht eingebildet haben«, sagte ich.

Heinzi zuckte unschlüssig mit den Schultern. »Ja, aber

vielleicht hat dein Vater doch Recht und wir haben einfach zu viel Phantasie und dann kommt noch ein Horrorfilm dazu ... Außerdem ist ja überhaupt nichts aus der Wohnung verschwunden!«

»Weil er gestört wurde. Ist doch logisch. Wären die Eltern eine Weile später gekommen, was meinst du, was dann passiert wäre!«

Ich wollte mir das lieber gar nicht ausmalen. »Überhaupt: Was ist mit dem Fenster? Der Einbrecher hat doch das Fenster geöffnet. Also haben wir den Beweis, dass ein Dieb in der Wohnung war.«

Ev sah mich mitleidig an. »Mein lieber David, hoffentlich willst du nie Polizist werden. Bei der Logik!«

Heinzi kicherte leise und blickte bewundernd zu Ev.

»Genauso gut kann einer von uns das Fenster geöffnet haben. Ich glaube, an der ganzen Sache ist trotzdem etwas oberfaul. Der Einbrecher hat uns bestimmt verwechselt, weil ...«

Aber bevor Ev ihren Gedankengang zu Ende führen konnte, klingelte es wieder einmal Sturm.

Mit einem großen Korb Pflaumen standen die Eltern vor der Tür. Papa strahlte. »Heute Nachmittag gibt es Pflaumenkuchen mit Sahne, an Stelle des Mittagessens.«

»Endlich hat mal was geklappt, nach dieser Schlappe gestern Abend«, verkündete Mama und strahlte ebenfalls. »Ihr drei dürft die Pflaumen entsteinen und ich zaubere uns einen leckeren Vollkornteig und Papa ...«, sie überlegte einen Moment, »Papa darf die Sahne schlagen.«

»Wieso habt ihr von drei Kilo Pflaumen plötzlich gute Laune?«, erkundigte sich Ev misstrauisch, als wir eine Viertelstunde später alle am Küchentisch saßen und Pflaumen entsteinten.

»Tja«, lachte Papa, »die Pflaumen wachsen natürlich auf einem Baum, und dieser Baum steht in einem Garten, und in diesem Garten steht ein Häuschen.«

»Und wenn sie nicht gestorben sind, dann leben sie noch heute«, maulte Ev und schob sich mindestens schon die zwölfte Pflaume in den Mund. »Im Ernst, ihr könnt mit uns wie mit Erwachsenen reden. Also, warum seid ihr so fröhlich?«

Papa sah Mama fragend an. »Sollen wir's den Kindern sagen?«

Mama nickte und Papa erzählte uns alles.

»Auf unsere letzte Anzeige hin hat sich ein Herr Müller gemeldet. Er ist vor kurzem ins Altersheim gezogen und vermietet deshalb sein Häuschen. Und das haben wir uns heute Vormittag angeschaut. Herr Müller ist ein ganz reizender alter Herr. Das Haus hat gerade die richtige Größe für uns und erschwinglich ist es auch noch.«

»Den Pflaumenbaum im Garten durften wir gleich abernten«, fügte Mama begeistert hinzu. »Da können wir auch unsere Hängematte benutzen, die hier nur nutzlos herumliegt.«

Toll, dachte ich mir, im eigenen Garten spielen, in der Hängematte liegen, ein Baumhaus bauen …

»Wann können wir einziehen?«, fragte ich ungeduldig.

»Na ja, da sind noch einige andere, die an dem Haus Interesse haben«, sagte Papa, »aber ich denke, wir haben gute Chancen. In den nächsten Tagen will uns Herr Müller Bescheid geben.«

Mit unseren Ermittlungen kamen wir an diesem Tag kein Stück weiter. Wir redeten nur noch über das Häuschen von Herrn Müller. Vielleicht gab es dort Platz für ein Gästezimmer. Dann könnten Heinzi und Tante Sabine häufiger kommen.

Als am nächsten Morgen der Wecker um halb vier klingelte, hatte ich leichtes Bauchweh. Kam das von der Angst vor der Mathearbeit, die wir in der zweiten Stunde schreiben sollten, oder waren mir die fünf Stück Pflaumenkuchen mit Sahne nicht bekommen, die ich gestern Nachmittag verdrückt hatte? Oder lag es vielleicht einfach daran, dass es so früh war? Heinzi, der mir das Frühaufstehen gestern noch schmackhaft gemacht hatte, drehte sich mit einem Grunzen zur Seite, als ich versuchte ihn zu wecken. Die Mühe war vergeblich, das merkte ich gleich.

Nach kurzem Zögern sprang ich aus dem Bett. Draußen war es noch dunkel, stellte ich fest, als ich behutsam den Fensterladen ein wenig öffnete. Jetzt bloß keinen Lärm machen! Mama und Papa hätten mir nie erlaubt morgens Zeitungen auszutragen. Kinder brauchen ihren Schlaf, würde Mama sagen. Wahrscheinlich hatte sie damit sogar Recht. Ich war hundemüde. Nur der Gedanke heute früh genauso viel zu verdienen, wie ich Taschengeld in einem Monat bekam, hinderte mich daran, mich wieder ins Bett zu legen.

Leise hievte ich mein altes Fahrrad aus dem Keller und

fuhr los. Pünktlich um vier Uhr stand ich vor der Zeitungsausgabe. Eine ältere Frau überreichte mir einen Packen Zeitungen, ermahnte mich, nicht zu trödeln und die Zeitungen ordentlich in die Briefkästen zu stecken. Bei einem gewissen Doktor Frischbach sollte ich besonders leise sein, das Gartentor nicht zuknallen, und so weiter und so fort.

Ich nickte nur verschlafen und wollte schon los, als sie mich zurückrief. »Und die Liste? Willst du etwa in jeden Briefkasten eine Zeitung stecken?« Peinlich, daran hatte ich nicht gedacht.

Aber nun war ich ausgerüstet und konnte losradeln.

Ein Fahrrad mit vielen Gängen wäre nicht übel, stellte ich fest, als ich eine Stunde später noch nicht mal die Hälfte meiner Liste abgehakt hatte. Ich war mittlerweile ziemlich außer Puste, weil es in diesem Viertel bergauf und bergab ging.

Gegen halb sieben lieferte ich die letzte Zeitung ab und machte mich wieder auf den Heimweg. Ich hätte mich gern ins Bett gelegt, vor allem wegen der blöden Mathearbeit, die mir noch bevorstand. Den Gedanken mich krank zu stellen, verwarf ich aber gleich wieder. Denn dabei besteht immer das Risiko erwischt zu werden. Und das hätte meine Lage noch verschlimmert.

»Du hast es schön«, sagte ich zu Heinzi, der immer noch faul im Bett lag.

Er sah mich bedauernd an. »Ich würde dir ja helfen«, meinte er, »bloß in Mathe bin ich leider auch eine Niete. Aber ich drück dir die Daumen!« Damit zog er sich die Bettdecke über den Kopf.

Auf dem Weg zur Schule musste ich an die schlimme Sache mit Ralfs Fahrrad denken. Ich spürte, wie der Kummer wieder in mir wach wurde.

»Hallo, David!« Das war Ralf. Seine Stimme klang gar nicht unfreundlich, eher ganz normal. Ich wunderte mich. Ralf, der letzte Woche noch so ein Theater gemacht und alle Schulkameraden gegen mich aufgehetzt hatte, sagte jetzt auch noch: »Bitte, beeil dich, wir brauchen deine Hilfe, ohne dich schaffen wir's nicht.«

Ich sah ihn erstaunt an.

»Du, David, ich habe eine Superspickidee. Die ganze Klasse ist total begeistert. Aber wir brauchen jemanden dazu, der so gut klettern kann wie du.«

Zehn Minuten später war die Idee ausgeführt. Wir saßen brav auf unseren Plätzen und warteten auf Herrn Pohl und die Klassenarbeit. Ralfs Schummelidee war genial, musste ich mit ein bisschen Neid anerkennen, aber ohne mich wäre nichts draus geworden.

»Guckt ja nicht zu auffällig!«, ermahnte uns Ralf nochmals. Dabei grinste er breit. Es gab nur eine einzige Schwachstelle an diesem Superspickzettel. Wenn die ganze Klasse nämlich gleichzeitig zum Deckenbalken hochstarrte, dann merkte das auch der verschlafenste Lehrer. Schaute er hoch, könnte er alle Formeln der letzten Mathelektion, feinsäuberlich mit Kreide geschrieben, auf dem Holzbalken lesen.

Mit ein bisschen Geschick würde er herausfinden, dass es meine Schrift war. Es war zwar nicht einfach gewesen, auf Ralfs Rücken balancierend die Formeln zu schreiben, die mir Heiko diktierte, aber ich hatte es sehr gut gemacht. Die ganze Klasse würde mir dankbar sein, hoffte ich.

»Das System kann man ausbauen«, freute sich Andreas neben mir. »Stell dir mal vor, Englischvokabeln und so …«

Wo blieb Herr Pohl bloß? Er war doch immer pünktlich. Man konnte die Uhr nach ihm stellen. Normalerweise wären wir alle froh gewesen, wenn er zu spät gekommen wäre, nur heute nicht.

»Achtung! Da kommt jemand«, rief Markus, der direkt an der Tür saß. Mucksmäuschenstill saßen wir da. Auf dem langen Gang hörte man den Widerhall von Absätzen. Es war ein tolles Gefühl, endlich mal keine Angst vor einer Mathearbeit haben zu müssen. Die Tür wurde aufgerissen, und vor uns stand …

»Oh nein«, stöhnte Ralf halblaut, »der Direx!«

Tatsache, es war Herr Eisentreter, unser Direktor, der sich räusperte. »Tja, meine Damen und Herren, ich muss euch die betrübliche Mitteilung machen, dass Herr Pohl krank ist und die Klassenarbeit deshalb heute leider ausfällt. Wir gehen jetzt alle in den Chemiesaal. Ihr dürft ein bisschen experimentieren.«

Normalerweise hätten wir jetzt alle hurra gebrüllt und uns riesig gefreut. Stattdessen sah der Direx lauter betretene Gesichter.

»Freut ihr euch denn nicht?«, fragte er erstaunt. »Ihr müsst heute keine Mathearbeit schreiben. Los, etwas flotter bitte, alle in den Chemiesaal!«

Damit scheuchte er uns aus dem Klassenzimmer, weg von dem Holzbalken, auf dem alle wichtigen Formeln für die Klassenarbeit standen. »So ein Mist!«, schimpfte Andreas. »Die ganze Mühe war umsonst.«

Um Himmels willen – mir fiel plötzlich ein, dass das irgendjemand entdecken könnte, die Putzfrau zum Beispiel. Die würde doch sofort dem Direktor alles brühwarm erzählen. Dann käme womöglich raus, dass ich …

Ich musste wohl ziemlich entsetzt geguckt haben, denn Herr Eisentreter unterbrach seinen chemischen Versuch und meinte mitfühlend: »David, so ist das nun mal in der Chemie. Da stinkt es oft. Aber wenn dir schlecht ist, dann geh einen Moment an die frische Luft!«

Ja, das war die Rettung. Ich lächelte ihn gequält an, presste mein Taschentuch auf den Mund und verließ fluchtartig das Klassenzimmer. Das hätte schönen Ärger gegeben, wenn unsere Schummelei herausgekommen wäre. Zwar war es mühsam, ohne Hilfe die ganzen Formeln wieder auszuwischen – ich musste dazu zwei Schulbänke übereinanderstellen und die ganze Konstruktion schwankte bedenklich –, aber nach einer Viertelstunde hatte ich meine Arbeit erledigt. Fröhlich kehrte ich in den Chemiesaal zurück, wo es mittlerweile stank, dass einem wirklich schlecht werden konnte.

»Das war H_2SO_4, Schwefelwasserstoff«, erklärte Herr Eisentreter gerade, »daraus macht man zum Beispiel Stinkbomben. Die kennt ihr ja alle.«

Wir waren ziemlich froh, als endlich Pause war und wir ins Freie durften. Ich tippte Ralf auf die Schulter und sagte: »Alles okay mit dem Spicker. Ich hab's weggewischt.«

Ralf nickte anerkennend und biss in sein Käsebrötchen.

»Jetzt müssen wir nur rauskriegen, wann Pohl wieder auftaucht.«

Eigentlich sollten wir in der nächsten Stunde Deutsch haben, aber schon wieder erschien Herr Eisentreter, diesmal mit einer dicken Aktentasche. Die kam mir irgendwie bekannt vor. Aber bevor ich noch lange darüber nachdenken konnte, sagte der Direx: »Ihr wart ja ziemlich enttäuscht vorhin, dass ihr die Arbeit nicht schreiben konntet. Kann ich verstehen, sicherlich habt ihr fleißig gelernt. Da freut ihr euch sicherlich, dass uns Frau Pohl die Aufgaben gebracht hat. Los geht's, wir schreiben jetzt doch die Arbeit.«

Ein paar aus der Klasse schauten ganz vertrauensvoll zum Holzbalken über dem Pult, aber dort war nichts mehr zu sehen, außer einer schwachen Kreidespur. Andreas sah mich Hilfe suchend an, aber ich konnte nur den Kopf schütteln. Verflixt, warum musste bei mir auch alles schief gehen.

Mittlerweile war der Direx aufmerksam geworden. »Was ist denn da oben?«, fragte er und schaute forschend zum Balken hoch.

Gott sei Dank, man sah nichts mehr. Das hätte schönen Ärger gegeben. Da ist mir der Ärger wegen einer schlechten Mathearbeit schon lieber, beschloss ich und versuchte wenigstens eine Aufgabe zu lösen.

Mama und Papa wälzten Möbelprospekte, als ich mittags nach Hause kam, und überlegten, wie man das Haus mit wenig Geld am besten einrichten könnte. Ev hatte ihren Heute-Nachmittag-treff-ich-Lars-Blick drauf und auch

Heinzi wirkte sehr vergnügt. Kein Wunder, wenn man den ganzen Vormittag faul im Bett liegt, während andere schwer arbeiten, dachte ich missmutig.

»So, was macht ihr drei heute Nachmittag?«, erkundigte sich Papa.

Bevor Ev oder ich noch irgendetwas sagen konnten, rief Heinzi schon: »Wir wollen mal ein bisschen rausgehen. Frische Luft ist ja so gesund.«

Papa guckte ziemlich erstaunt und Mama nickte zustimmend. Wahrscheinlich glaubte sie, dass Heinzi einen positiven Einfluss auf uns hatte. »Frische Luft«, das war ganz in ihrem Sinn. Damit jagte sie uns oft aus dem Zimmer, wenn wir mal fernsehen wollten.

An der Haustür klingelte jemand.

»Oje, das ist Lars. Er wollte doch erst gegen halb vier kommen«, stöhnte Ev erschrocken, als sie durch das Küchenfenster auf die Straße blickte. »Haltet ihn bitte hin. Ich komme gleich.« Sie verschwand im Bad und Heinzi und ich grinsten.

»Auf den bin ich aber gespannt«, flüsterte Heinzi, und auch Mama und Papa wirkten ziemlich neugierig.

Ich öffnete die Wohnungstür.

»Hallo«, murmelte Lars, »is' Ev zufällig da?«

»Ach, du bist sicherlich der Lars. Komm doch einen Moment rein!«, forderte ihn Mama auf.

Lars schien sich unbehaglich zu fühlen. Kein Wunder, die Eltern und Heinzi starrten ihn eindeutig an. So jemanden hatte Heinzi wohl noch nie gesehen. Er glotzte mit offenem Mund. In Bayrisch-Grön wäre Lars die Sensation des Ortes gewesen. Seine Jeans war total löcherig, im linken Ohr trug er drei Ohrringe und seine Haare waren grün gefärbt. Ich vermute, dass er damit von seinen Pickeln im Gesicht ablenken wollte.

»Wie geht's denn in der Schule?«, versuchte Papa ein Gespräch in Gang zu bringen, aber Lars war äußerst wortkarg.

»Geht so«, war alles, was ihm zu entlocken war. Mama und Papa tauschten viel sagende Blicke und verzogen sich wieder ins Wohnzimmer. Ich glaube kaum, dass sie von Lars als zukünftigem Schwiegersohn träumten.

Jetzt schwebte Ev aus dem Bad. Sic hatte sich mit Mamas Parfüm besprüht und auch ihren Lippenstift benützt.

»Wollen wir zu Gülay gehen? Sie hat 'ne neue CD«, fragte sie Lars und warf ihm dabei einen verliebten Blick zu.

Lars erwiderte ihn nicht, sondern sagte leicht stotternd: »Äh – ehm – ich wollte dich eigentlich nur fragen, ob ich mal deinen Zirkel und das Geo-Dreieck kriegen kann. Hab meine Sachen in der Schule vergessen.«

Ev schluckte. »Aber wir haben doch ausgemacht ...«

Lars unterbrach sie: »Geht nicht, ich muss heute meinem Onkel beim Autowaschen helfen. Tut mir Leid.«

Ev riss sich zusammen. Wortlos holte sie Zirkel und Geo-Dreieck und sagte dann: »Na, macht nichts. Ich hatte sowieso noch was vor.«

Lars stopfte die Sachen in die Hosentasche, grinste flüchtig und verließ schnell die Wohnung.

Arme Ev! Ich hatte ja schon lange gewusst, dass das mit Lars nichts werden würde. Vielleicht sah sie es jetzt endlich selbst ein.

»Das war also dein Lars«, stellte Heinzi bedeutsam fest. Wir drei hatten mittlerweile das Haus verlassen und schlenderten unschlüssig in Richtung Innenstadt.

»Ja, das ist mein Lars. Ich finde es schon toll, wie er seinem Onkel hilft. Das würde nicht jeder machen.« Sie verfiel schon wieder in ihre übliche Schwärmerei. Ev war einfach nicht zu helfen.

Heinzi räusperte sich und sagte: »Also, was ich euch erzählen wollte – ich habe den ganzen Vormittag gelesen.«

Ev zog die Augenbrauen hoch. »Ach nee!«

Heinzi nickte eifrig. »Und zwar das da!« Er zog mit geheimnisvoller Miene das rote Adressbuch von Herbert Kleinschmitt aus seiner Hosentasche.

»Ja und?« Ev wurde langsam ungeduldig. »Wir haben doch schon gestern festgestellt, dass da nichts Wichtiges drinsteht. Ich steh hier nicht in der Gegend rum, um mir dieses komische Adressbuch anzugucken.«

Ihre schlechte Laune hatte bestimmt was mit Lars zu tun.

»Passt auf!« Heinzi hatte sich auf eine Parkbank gesetzt und war ganz eifrig. »Passt auf, was ich entdeckt habe! Was steht denn hier?« Er hielt mir das Adressbuch direkt vor die Nase.

»Schnellreinigung Renata, Kellerweg 23 … na und?«

»Die gibt es gar nicht«, sagte er. »Im Kellerweg 23 ist ein Computerladen, RENETEC oder so ähnlich. Ich vermute, dass der Salamander hier verschlüsselte Informationen aufgeschrieben hat. Den ganzen Vormittag über hab ich im Telefonbuch nach diesen Leuten gesucht, aber nichts stimmt – entweder die Straße gibt's nicht, oder die Leute, oder die Leute wohnen ganz woanders. Zum Beispiel hier: Eiscafé Roma, Goethestraße 32. Das einzige Eiscafe in der Stadt heißt »Da Angelo« und es ist hier in der Ritterstraße.« Sehnsüchtig sah Heinzi zu der Eisdiele auf der anderen Straßenseite hinüber.

Ev hatte seine Gedanken erraten und kramte unschlüssig in ihrem Geldbeutel. »Na gut«, meinte sie, »eine Eiskugel für jeden, aber ohne Sahne!«

Das war, fand ich, mal eine gute Idee meiner Schwester. Zum besseren Nachdenken braucht man schließlich was im Magen. Und gegen Evs Liebeskummer half Eis vielleicht auch.

»Wir könnten jetzt nach Hause gehen und aufschreiben, was wir alles im Fall ›Salamander‹ wissen«, schlug Heinzi vor, als er sein Eis verspeist hatte. Mit einem blütenweißen Stofftaschentuch wischte er sich den Mund ab.

Aber wir kamen an diesem Nachmittag nicht mehr dazu. Mama und Papa erwarteten uns schon.

»Ein Umzug ist eine gute Sache«, freute sich Papa. »Wir sortieren schon mal aus den Schränken aus, was wir bestimmt nicht mitnehmen werden.« Er wedelte mit einem Briefumschlag. »Ratet mal, was ich hier habe!«

»Einen Lottoschein mit sechs Richtigen«, schlug Ev vor.

»Fast! Es ist eine Zehnerkarte fürs Hallenbad, die nur noch diesen Monat gültig ist. Wollen wir schwimmen gehen?«

7

»Wir müssen mit unseren Ermittlungen vorankommen«, stellte Ev am nächsten Morgen beim Frühstück fest.

Ich gähnte laut und nickte. Noch achtmal früh aufstehen, dann wollte ich endlich wieder ausschlafen. Immerhin hatte ich jetzt schon mindestens ein Viertel Vorderrad verdient, vielleicht sogar mehr, wenn ich mir ein gebrauchtes Fahrrad kaufen würde.

»Es eilt, weil Heinzi demnächst wieder heim muss.« Ev sah mich strafend an. »Kannst du mir geistig folgen, oder hältst du gerade deinen Schönheitsschlaf?«

Heinzi kicherte. Ausgerechnet heute frühstückte Ev mit uns. Ich wollte doch Heinzi erzählen, was mir beim Zeitungsaustragen passiert war. Kurz schauderte ich, als ich an die Begegnung im Garten von Dr. Frischbach dachte.

»Sag mal, was ist los mit dir? Dir fallen ja ständig die Augen zu. Hat das vielleicht was damit zu tun, dass du nachts durch die Wohnung schleichst?« Ev hatte ihren Oberlehrerblick aufgesetzt.

Ich schwieg.

»Erzähl endlich! Sonst muss ich leider die Eltern informieren.«

Es handelte sich hier eindeutig um Erpressung. Heinzi sah zu Boden. Hatte er Ev einen Tipp gegeben?

»Während ihr zwei in euren Betten liegt, schufte ich schwer. Ich trage nämlich Zeitungen aus. Von der Lessingstraße bis zum Schillerplatz«, gestand ich. »Von vier bis sechs!«

»Wo trägst du Zeitungen aus? Sag das noch mal!« Ev war aufgesprungen.

»Lessingstraße, Heinestraße, Kellerstraße, Fontanestraße, Storm ...«

»Das ist ja super!« Ev tänzelte vor Begeisterung um den Tisch herum. »Weißt du überhaupt, dass du jeden Morgen im Dichterviertel bist?«

»Warum Dichterviertel?« Heinzi hatte nichts kapiert.

»Fontane, Heine und die anderen sind Dichter, mein Lieber«, belehrte ihn Ev. »Vielleicht erinnert ihr euch mal an die Zeitungsmeldung, dass besonders häufig in diesem Viertel eingebrochen wurde. Da ist David ja direkt vor Ort. Wie bist du überhaupt zu diesem Job gekommen?«

Heinzi berichtete ihr langatmig von dem Zettel in Salamanders Adressbuch, aber ich unterbrach ihn. »Ich muss euch unbedingt erzählen, was mir heute früh passiert ist.«

Es war im Garten von Dr. Frischbach. Ich hatte das Gartentor ganz leise geöffnet, war den dunklen Plattenweg bis zu der alten Villa hochgerannt und wollte eben die Zeitung an die Tür stecken, da sah ich eine Gestalt in dem kleinen Tannenwäldchen neben dem Haus. Ich blieb wie angewurzelt stehen. In der Ferne jaulte ein Hund. Einen Moment lang hatte ich den Eindruck, dass die Haustür einen Spalt geöffnet wurde. Ich stand wie ge-

lähmt, bis der Strahl einer Taschenlampe mein Gesicht streifte. Ich drehte mich erschrocken um. Jemand lachte kurz auf. »Ach, siehe da, der kleine Zimtröter!«

Die Stimme kannte ich. Was machte denn Salamander morgens um halb fünf im Garten von Doktor Frischbach, schoss es mir durch den Kopf.

»Was machst du denn morgens um halb fünf im Garten von Dr. Frischbach?«, wollte der Salamander von mir wissen. Vor lauter Schreck konnte ich gar nichts sagen.

»Ach, du bist die Urlaubsvertretung«, stellte er mit einem Blick auf den Packen Zeitungen, den ich krampfhaft umklammert hielt, fest. »Tja dann, viel Spaß beim Arbeiten!« Er grinste mich an und sprang mit einem Satz über die niedrige Hecke aufs Nachbargrundstück. In der beginnenden Morgendämmerung sah ich etwas aufblitzen. Was war das? Einen Moment lang hatte ich das Gefühl auf einer wichtigen Spur zu sein. Aber so sehr ich mir auch den Kopf zerbrach, ich kam einfach nicht drauf.

Heinzi sah mich bewundernd an. »Hast du keine Angst gehabt? Ich wäre vor Angst gestorben.«

»Natürlich nicht«, gab ich an. »Ich frage mich nur die ganze Zeit, was der Salamander im Garten von Dr. Frischbach machte. Um diese Uhrzeit!«

»Wo ist ein Salamander?« Papa stand ziemlich verschlafen in der Küche. »Um diese Uhrzeit solltet ihr schon längst in der Schule sein. Nehmt ihr den Salamander in Bio durch? Schon die alten Griechen ...«

Den Rest hörten Ev und ich schon nicht mehr. Wir mussten uns beeilen, wenn wir nicht zu spät kommen wollten.

»Ach, heute ist ja Sperrmüll«, sagte Ev, als wir aus der Haustür stürmten. Fast wären wir auf dem Bürgersteig über den Berg von alten Möbeln und kaputten Spielsachen gestolpert. Mama hatte die Wohnung gründlich ausgemistet.

»Ihr könnt euch gar nicht vorstellen, was ich entdeckt habe«, freute sich Heinzi, als wir mittags aus der Schule kamen.

»Lass schon hören!« Ev war nicht sehr gut gelaunt. Sie hatte eine Englischarbeit verhauen und Lars hatte sich mit Nadine verabredet.

»Ich glaube, wir können die Kleinschmitts überführen. Eigentlich hab ich sie schon überführt!« Heinzi zog den Zeitungsartikel mit den Diebstahlmeldungen aus der Hosentasche. »Hier ist doch die Rede von einem wertvollen, vierreihigen Perlenarmband. Ratet mal, wer ein vierreihiges Perlenarmband trägt?«

»Die Kleinschmitt natürlich«, meinte Ev und schielte zum Telefon. Wahrscheinlich hoffte sie doch noch auf einen Anruf von Lars. »Das ist doch überhaupt kein Beweis. Perlenarmbänder gibt es wie Sand am Meer.«

»Stimmt«, gab Heinzi zu, »aber normalerweise sind die dreireihig. Ich habe einen Juwelier gefragt. Vierreihig ist höchst ungewöhnlich, und deshalb ...« Er sah Ev erwartungsvoll an.

Sie seufzte kurz: »Vielleicht hast du Recht.«

Toll wäre es, überlegte ich mir, wenn wir jetzt die Kleinschmitt auf Ralfs Rad treffen würden. In der Hand hielte sie ein Kilo Schinken ...

»Das Problem ist nur: Wie soll ich es euch beweisen. Wir können doch nicht einfach zu Frau Kleinschmitt gehen und uns ihr Armband zeigen lassen«, gab Heinzi zu bedenken. »Ich hab's heute Vormittag zufällig gesehen, als sie im Garten Wäsche aufhängte. Es muss sehr wertvoll sein. Der Verschluss blitzte in der Sonne.«

Ich hatte eine Idee. Kurze Zeit später spielten wir im Treppenhaus Ball. Es verging keine Minute, da stand Frau Kleinschmitt empört vor uns.

»Was treibt ihr denn hier?«, schimpfte sie. »Das ist ein Treppenhaus und kein Rummelplatz. Und außerdem ist Mittagsruhe.«

Heinzi hatte Recht gehabt! An Frau Kleinschmitts linkem Handgelenk prangte das wertvolle Perlenarmband. Es war ihr etwas verrutscht, sodass man den Verschluss mit roten Steinen genau erkennen konnte. Wahrscheinlich Rubine, die kannte ich. Mama hat nämlich einen Rubinring.

»Was guckt ihr denn so?«, fragte unsere Vermieterin. Ev starrte ziemlich auffällig auf das Armband. Die Kleinschmitt schüttelte den Kopf und verschwand laut schimpfend in ihrer Wohnung.

»Habt ihr das Armband gesehen? Wir kriegen bestimmt eine Belohnung.« Heinzi kniff mich vor Begeisterung in den Arm. »Ist das nicht toll?«

»Mensch Heinzi, du hast gut aufgepasst«, musste ich zugeben. »Jetzt müssen wir nur noch die Polizei …«

»Von wegen Polizei!« Ev schien unsere gute Laune nicht zu teilen. »Wir würden uns ja wunderschön blamieren. Dieses Perlenarmband, dieses wertvolle vierreihige

Perlenarmband«, sie lachte kurz auf, »gehörte Dolores und ist eine Spielzeugkette.«

»Oje«, sagte ich. Dolores war Evs Lieblingspuppe gewesen. Sie hatte ein Ballkleid besessen und eine Perlenkette, daran erinnerte ich mich.

»Weil ich nicht mehr mit Puppen spiele und Dolores außerdem schon ziemlich ramponiert war, hat Mama sie zum Sperrmüll gegeben. Mit der Perlenkette. Die hat sich die Kleinschmitt rausgeangelt und benützt sie jetzt als Armband. Vierreihig.«

Heinzi war knallrot geworden. »Ich dachte …«, stotterte er.

Bevor er uns erklären konnte, was er gedacht hatte, rief Mama uns zum Essen.

»Mir lassen die Adressen hier einfach keine Ruhe.« Schon wieder schwenkte Heinzi das rote Adressbuch.

Wir saßen in Evs Zimmer und teilten uns den vorletzten Schokoriegel.

»Wir müssen genau wissen, in welchen Straßen eingebrochen wurde. Das könnte vielleicht eine Spur sein.« Heinzi kratzte sich am Kopf.

Ev überlegte kurz, holte das Telefon und wählte 110.

»Was soll denn das?«, flüsterte Heinzi entsetzt. »Man darf die Polizei doch nur im Notfall anrufen.« Das war wieder der alte Heinzi, wie wir ihn von früher kannten.

»Du Angsthase«, flüsterte Ev zurück, »das ist ein Notfall.« Sie setzte ihre Sonntagsstimme auf und flötete ins Telefon: »Guten Tag, hier ist Eva-Maria Zimtröter. Ich bin Redakteurin der Schülerzeitschrift ›Tintenfass‹ und möchte einen Artikel über die Diebstähle der letzten Zeit schreiben.«

Ich zog Heinzi aus dem Zimmer und sagte: »Keine Sorge, das stimmt. Ev schreibt manchmal für das ›Tintenfass‹.« Heinzi nickte beruhigt. Ich musste ihm ja nicht unbedingt erzählen, dass Ev nur die Abschlussrede des Schulsprechers abgetippt hatte.

»Super, Heinzi«, meinte Ev anerkennend, als sie aus ihrem Zimmer kam. »Eigentlich hätten wir ja schon viel früher draufkommen können. In vier Straßen, die in dem Adressbuch verzeichnet sind, fanden tatsächlich Einbrüche statt.« Sie guckte sehr zufrieden. »Ich glaube, man kann von hinreichendem Tatverdacht sprechen.«

Ev drückt sich ja ganz schön geschraubt aus, fand ich.

»Die Diebe werden heutzutage doch immer dreister!« Mama war ernsthaft empört, als sie die Zeitung las. »Ein älteres Ehepaar wurde beraubt. Die Diebe hatten es vor allem«, sie hob die Stimme, »›auf wertvolle Schmuckstücke abgesehen‹.«

Papa lachte. »Wie gut, dass wir keine wertvollen Schmuckstücke tragen. Aber im Ernst, es ist schon ziemlich schlimm, was seit einigen Wochen hier passiert. Und David hat ja indirekt auch darunter zu leiden. Morgen müssen wir Ralfs Vater endlich das Geld überweisen.«

Heinzi guckte mitleidig. »Tröste dich, ich komm an mein Geld auch nicht ran«, flüsterte er mir zu. »Außerdem …«

»Heute Abend hab ich eine Überraschung für euch«, verkündete Papa und zwinkerte Mama zu.

»Vielleicht gibt's heute Abend Schwarzwurzel-Tofu-Speise«, unkte Ev, die sich in den Ohrensessel lümmelte und Minki am Kopf kraulte.

Papa drohte ihr mit dem Zeigefinger: »Madame, du räumst erst mal dein Zimmer auf.«

Ev verzog den Mund, ging dann aber doch in ihr Zimmer. Ich grinste Heinzi an. Das geschah ihr ganz recht, fand ich. Sonst war ich immer derjenige, der ausgeschimpft wurde, weil er nicht aufräumte.

»Gilt auch für dich, lieber David«, hörte ich da Mama sagen. »Heinzi erzählt uns so lange ein bisschen von Bayrisch-Grön, bis ihr aufgeräumt habt!«

Zuerst wollte ich mauern, aber als ich Papas Miene sah, ließ ich es lieber. Da musste ich mal wieder mein Super-Aufräum-System anwenden.

Vielleicht sollte ich mir das mal patentieren lassen, überlegte ich, als ich den alten Staubsauger holte und einen frischen Staubbeutel einlegte. Als Erfinder konnte man steinreich werden, hatte ich mal gelesen. Wie dieser Edison, der die Glühbirne erfunden hatte. Oder war der etwa als armer Mann gestorben? Ein bisschen was musste ich an meinem System noch verändern. Im Moment funktionierte es nur bei Kleinteilen. Wie gut, dass ich immer noch mit Lego-Bausteinen spielte. Ich saugte alles ein, was in meinem Zimmer herumlag und durch das Rohr passte, öffnete den Deckel der Holztruhe neben meinem Schreibtisch und leerte den Inhalt des Staubsaugerbeutels hinein.

»David hat sogar gesaugt«, lobte mich Mama, als ich kurze Zeit später wieder im Wohnzimmer auftauchte. Ev klapperte immer noch in ihrem Zimmer herum. So wurde sie ja nie fertig.

»Ich geh mal mit Heinzi ein bisschen nach draußen!«, sagte ich.

Mama meinte, wir sollten in einer Stunde wieder zurück sein, wegen der Überraschung.

Heinzi und ich saßen unschlüssig auf der kleinen Mauer vor dem Haus. »Vielleicht sollten wir wieder im Gartenhäuschen nachforschen«, überlegte ich halblaut.

Heinzi schüttelte den Kopf. »Das kannst du dir sparen. Ich war heute Vormittag mal dort. Die Tür war nur angelehnt und ich habe nichts entdeckt außer verrosteten Campingsachen.« Er seufzte. »Wenn ich die Sachen nicht mit eigenen Augen gesehen hätte, würde ich das Ganze für einen Traum halten. Wer weiß, vielleicht gibt es auch eine ganz andere Erklärung für die Eintragungen im Adressbuch. Meine Mutter sagt immer, man soll sich in nichts verrennen. Vielleicht ist der Salamander ja ein völlig harmloser Mensch und du siehst alles nur negativ, weil euch gekündigt wurde und das Fahrrad wegkam und du verdächtigt wurdest.«

Schöner Freund, dieser Heinzi, dachte ich und war echt sauer auf ihn. Aber Streiten half jetzt auch nicht weiter. Wir überlegten hin und her, wie wir weiter vorgehen sollten, aber uns fiel überhaupt nichts ein.

»Vielleicht hat Ev eine Idee«, meinte Heinzi und kickte ein Steinchen in Frau Kleinschmitts Rosenbeet. »Da kommt sie endlich.«

»Mensch, Ev, willst du vielleicht zu einer Faschingsparty?«, fragte ich lachend.

Ev sah furchtbar witzig aus, als sie aus dem Haus kam. Normalerweise sah man sie nur in Jeans und T-Shirt oder Pullover. Ev im Kleid, daran konnte ich mich überhaupt nicht erinnern. Sie sah aus, als hätte sie ein geblümtes Nachthemd an. »Du hast dir aber die falsche Jahreszeit ausgesucht«, setzte ich nach.

Ev guckte beleidigt. »Ihr wisst einfach nicht, was wahre Schönheit ist!«

Heinzi staunte, aber ich wusste, woher Ev diesen Spruch hatte. Mama sagt das oft, wenn wir im Museum gelangweilt vor irgendwelchen Bildern stehen.

»So, wie ihr ausseht, nehmen euch die Eltern sowieso nicht mit, bestimmt nicht«. Ev rümpfte ganz damenhaft die Nase und strich ihr Kleid glatt. »Guckt mal in den Spiegel, ihr zwei! Ihr seht ziemlich abgerissen aus.«

Bevor wir uns gegen weitere Frechheiten wehren konnten, kamen Mama und Papa. Auch die beiden waren sonntagsmäßig angezogen. Papa trug sein dunkelblaues Jackett über dem Arm und grinste breit. »Seid ihr soweit? Gleich erlebt ihr eine Überraschung. Und ich sage euch, ihr werdet ...«

»Hör mal, mein Lieber, findest du nicht, dass die beiden sich auch umziehen sollten? Im Moment machen sie ja keinen sehr reinlichen Eindruck.«

Mama ging forschend um Heinzi und mich herum. Ich zog vorsichtshalber den großen Zeh etwas ein, sodass man das Loch in meiner Socke nicht so deutlich sehen konnte. Meine Sandalen waren bestimmt schon seit Wochen nicht mehr geputzt. Wozu der ganze Aufwand? Fuhren wir zu einer Hochzeit, oder was war los?

Papa blickte auf die Uhr. »Nein, tut mir Leid, die Zeit haben wir nicht mehr. Wir müssen pünktlich dort sein.«

»Wir können uns ja immer vor David und Heinzi stellen, damit man sie nicht so genau sieht«, schlug Ev boshaft vor.

Dir werd ich's zeigen, schwor ich mir. Und als wir drei Kinder hinten ins Auto geklettert waren, setzte ich mich auf Evs weiten Rock. Aber merkwürdigerweise merkte sie gar nichts davon, sondern trällerte die ganze Zeit irgendwelche Schlager. Das war bei ihr eindeutig ein Zeichen für gute Laune.

»Hast du das neu?« Heinzi deutete fragend auf ein Medaillon, das Ev an einer Goldkette um den Hals trug.

»Ja, ist das nicht süß? Ein Geschenk von Lars. Ich hab's vorhin im Briefkasten gefunden. Hier, seht mal, da ist ein Elefant eingraviert. Und es glitzert so toll!«

Es glitzert! Mensch, Ev, ich könnte dich umarmen!, dachte ich. Denn jetzt war mir klar, wer der Einbrecher gewesen war.

Die Kette, die mir bei seinem Sprung aus dem Fenster aufgefallen war, hatte auch heute Morgen aufgeblitzt im Garten von Dr. Frischbach. Es war der Salamander! Und ich wusste auch, was er gesucht, aber nicht gefunden hatte: sein Adressbuch. Mit dem Schlüssel, den die Kleinschmitt als Vermieterin hatte, kam er in unsere Wohnung. Sicherlich stammte der Zettel, auf den die Eltern reingefallen waren, auch von ihm. So hatte er versucht uns alle aus dem Haus zu locken.

»Sag schon, was ist los?«, drängte Heinzi. »Ich seh doch, dass du was Wichtiges entdeckt hast.«

»Wartet einen Moment, gleich erzähl ich euch was!« Ich war ganz sicher, dass meine Vermutung stimmte.

Als Papa eine Tankstelle ansteuerte, schlug ich vor, dass wir Kinder doch so lange aussteigen könnten, Benzindämpfe seien doch bekanntermaßen ziemlich ungesund.

In ausreichender Entfernung von den Eltern erzählte ich Ev und Heinzi von meinem Verdacht.

Heinzi war schwer beeindruckt. »Super, wie du das rausgefunden hast.«

Sogar Ev wirkte ziemlich überzeugt. »Ich glaube auch, dass das stimmt«, murmelte sie. »Dann passt das natürlich genau mit der Überraschung. Aber kommt jetzt wieder ins Auto, die Eltern wollen weiterfahren.«

»Sag mal, Ev«, forschte ich nach, »was für eine Überraschung denn?«

»Du hältst den Mund, Eva-Maria«, befahl Mama, die sich zu uns umgedreht hatte. »Sie hat nämlich ein Telefonat belauscht und weiß deshalb mehr als ihr. Aber für euch soll es eine Überraschung sein.«

Ich versuchte trotzdem von Ev etwas zu erfahren, aber sie schüttelte nur viel sagend den Kopf.

»Hinter der Kellerstraße musst du rechts abbiegen«, sagte Mama. »Die Fontanestraße ist die zweite Querstraße rechts.«

»Nein, die dritte Querstraße!« Das war mir so rausgerutscht.

»Woher weißt *du* das denn?«, fragte Mama erstaunt.

Ich sagte lieber nichts mehr. Hier kannte ich mich sehr gut aus. Allerdings war es immer dunkel, wenn ich die Zeitungen austrug.

»David, woher weißt du das?«, fragte Mama wieder.

»Was ist das für ein komisches Geräusch am Auto?«, lenkte Ev ab. Mama und Papa lauschten angestrengt, bis wir vor einem dicht bewachsenen Grundstück hielten

»Wir sind da!«, meinte Papa. »Bitte alles aussteigen zur Besichtigung!«

Mama strahlte. »Ist das nicht ein süßes Häuschen? Es gehört Herrn Müller. Mit ein bisschen Glück sind wir die neuen Mieter. Es ist eine herrliche Gegend hier, so ruhig und friedlich.«

Plötzlich ertönte eine Geisterstimme: »Ja, ruhig schon, aber nicht friedlich, das sag ich Ihnen!«

Im Nachbarhaus war ein Fenster geöffnet worden und eine ältere Frau lehnte sich heraus. Mama und Papa lächelten verständnislos.

»Ja, ja, ruhig schon, aber nicht friedlich«, wiederholte die Frau lauter.

Wir waren doch nicht schwerhörig. Außerdem, was wollte die Frau überhaupt? Ich glaube, Papa wollte was Unhöfliches sagen, aber da trat ihm Mama heimlich auf den Fuß und meinte: »Ach, haben Sie etwas mit Herrn Müller zu tun? Wir sind nämlich die neuen Mieter. Wir …«

»Es ist hier überhaupt nicht mehr friedlich, nein, nein, gar nicht«, unterbrach sie die Alte, die sich immer weiter aus dem Fenster lehnte. Das rote Sofakissen, das sie auf die Fensterbank gelegt hatte, drohte herunterzufallen. »Sie wissen ja gar nicht, was ich heute Morgen beobachtet habe. Zwei finstere Gestalten sind ums Nachbarhaus geschlichen. Hier passiert in letzter Zeit sehr viel. Einbrüche, Diebstähle, es ist furchtbar. Ich sollte eine Anzeige erstatten. Stellen Sie sich vor, bei Herrn Doktor Frischteich wäre eingebrochen worden ...! Da, schauen Sie, in dem Haus da drüben.«

»Doktor Frischbach heißt der doch!« Ich hatte das wohl laut gesagt, denn alle starrten mich an. Sogar die Frau am Fenster war einen Moment ruhig.

»Was soll das, David?« Mama sah mich überrascht an. Aber ich musste mir keine Ausrede einfallen lassen, denn die Alte wurde noch lauter.

»Ich hab die beiden beobachtet und ich geh noch zur Polizei, wenn's eine Belohnung gibt. Ich steh nämlich jeden Morgen hier am Fenster. In meinem Alter kann man nicht mehr gut schlafen und da schnapp ich morgens schon immer etwas frische Luft.«

Mama verdrehte die Augen. Das kann ja heiter werden, las ich in ihrem Gesicht, eine neugierige Nachbarin. »Ja, dann wollen wir mal!«, sagte Mama.

»Warten Sie, warten Sie!« Die alte Frau wedelte aufgeregt mit den Armen. »Wissen Sie, einen der beiden Ganoven habe ich erkannt. Es war der Zeitungsjunge.«

»Ja, dann auf Wiedersehen«, sagte Papa und schob uns zum Auto. »Wenn wir hier einziehen, müssen wir wahrscheinlich als Erstes einen höheren Zaun anbringen.«

»Ja, das war ziemlich nervtötend«, gab Mama zu. »Aber wahrscheinlich ist die Frau völlig harmlos. David, du bist ja kalkweiß geworden. Was ist denn los mit dir?«

Mir war schlecht. Der Zeitungsbote, das war ich! Die Frau hatte mich morgens wohl beobachtet und hielt mich für einen aus der Diebesbande. Ein Glück, dass sie mich nicht erkannt hatte!

Das passt ja alles gut zusammen, musste ich mir eingestehen. Zuerst verschwand das Rad von Ralf, nachdem ich es mir einen Nachmittag lang ausgeliehen hatte. Dann wurde ein Haus ausspioniert, nachdem ich als Zeitungsbote in der Nähe unterwegs gewesen war. Für die Polizei wäre das sonnenklar: David Zimtröter, der Junge, der unbedingt ein neues Fahrrad will, dessen Eltern aber kein Geld haben, gehört einer Diebesbande an.

»David, jetzt rede doch, was ist denn los? Ist dir schlecht?« Auch Papa war ziemlich beunruhigt.

Nur Ev war ungerührt und sagte: »Er fürchtet sich einfach vor dieser neuen Nachbarin. Männer haben ja häufig Angst vor Frauen, hat meine Deutschlehrerin behauptet. Vielleicht hat er aber auch Angst, dass er eines Morgens geklaut wird.«

Heinzi kicherte.

»Das war der erste Teil unserer Überraschung«, sagte Papa ziemlich lahm. »David, sollen wir dich nach Hause fahren, oder hältst du den zweiten Teil noch aus?«

»Na, hör mal her, wir können doch nicht …«, sagte Mama empört. Die Eltern zankten sich, ausnahmsweise mal nicht auf englisch. Aber ich hatte sowieso ganz andere Sorgen, als dem Streit unserer Eltern zuzuhören.

»Das sieht schon ziemlich blöd aus für dich«, flüsterte Ev. »Stell dir vor, die Alte geht zur Polizei!«

»Was machen wir denn jetzt?«, fragte Heinzi ängstlich. »David kommt wegen des Diebstahlverdachts doch in Teufels Küche, oder vielleicht sogar ins Gefängnis.«

»Was redet ihr von Dieben und Gefängnis?« Papa wandte sich um. Augenscheinlich war der Streit mit Mama beigelegt. »Ach, ihr redet von den Diebstählen. Ja, wird Zeit, dass die Täter endlich geschnappt werden. Aber ich weiß nicht, ob Gefängnis die richtige Strafe ist. Wo fährst du denn hin, meine Liebe?« Das galt Mama, die sich gerade einen freien Parkplatz gesichert hatte. »Doch nicht hier! Eulers Waldgasthof war gemeint!«

Mama sah ihn verständnislos an. »Das hast du falsch verstanden. Oder du hast es wieder vergessen. Ist auch typisch für dich. Na wie gut, dass ich mir alles aufschreibe.« Sie zog einen alten Briefumschlag aus ihrer Handtasche. »Hier steht's: 19 Uhr, Landgasthof. Na bitte!«

Papa zuckte nur mit den Schultern. Ich verstand gar nichts mehr. »Und jetzt?«, wollte Ev wissen. »Was ist jetzt?«

»Ich sagte doch, zweiter Teil der Überraschung. Wir gehen jetzt hier rein, und dann werdet ihr schon sehen.«

»Kriegen wir was zu essen?«, erkundigte sich Heinzi interessiert. Typisch! Während meine Situation immer schlimmer wurde – immerhin stand ich schon mit einem Bein im Gefängnis –, dachte er ans Essen.

»Ja, ja, wir sind eingeladen«, meinte Mama ziemlich geistesabwesend.

Wir hatten mittlerweile den Landgasthof betreten und die Eltern sahen sich suchend um. »Noch niemand da«, stellte Papa fest, »ich glaube, ausnahmsweise sind wir zu früh dran. Sieht nicht schlecht aus hier. Die Portionen sollen besonders groß sein.«

Mama warf ihm einen vernichtenden Blick zu. »Benimm dich und denk dran, dass wir eingeladen sind!«

Eingeladen? Von wem? Ich kannte niemanden, der uns freiwillig einlud.

»Ich wüsste zu gern, von wem wir eingeladen werden«, sagte Ev.

»Abwarten!« Mama und Papa taten ziemlich geheimnisvoll.

Und dann warteten wir ab. Nach einer Weile wurde die Bedienung ziemlich ungeduldig.

»Ich glaube, wir sollten langsam bestellen, sonst wird es für die Kinder zu spät«, schlug Papa vor.

Ich hatte gar keinen Hunger, aber als ich daran dachte, dass ich vielleicht demnächst im Gefängnis landen würde, beschloss ich, noch mal ein gutes Essen zu genießen.

Nach dem Essen sah Papa ganz zufrieden aus. »Hat gut geschmeckt, findet ihr nicht auch? Aber was ist mir dir los?« Er sah Mama besorgt an.

»Ob vielleicht was passiert ist?« Mama war nervös geworden. Sie hatte Papas Weinglas umgeworfen und sich mit Soße bekleckert. »Meinst du, da ist ein Unfall passiert?«, fragte sie Papa.

»Wir warten auf Tante Sabine, stimmt's?«

Ev hatte richtig geraten.

»Ja, es sollte eine Überraschung für Heinzi sein. Tante Sabine und ...« Mama zögerte und sah Papa unsicher an. »Dürfen wir's ihm überhaupt sagen?«

»Tante Sabine wollte uns heute einladen, das reicht ja als Überraschung«, meinte Papa. »Aber es ist wohl irgendwas dazwischengekommen. Ich schlage vor, wir fahren nach Hause. Vielleicht steckt sie im Stau und versucht uns anzurufen. Lasst uns mal zahlen!«

Er bestellte die Rechnung und guckte ganz erstaunt. »Das ist erstaunlich preiswert hier. Dass es sowas heutzutage noch gibt!« Er wandte sich an Mama. »Sieh mal, fünf Personen sind satt geworden und sogar wir können das bezahlen.«

Jetzt war Mama blass geworden. »Ich glaube nicht, dass wir das bezahlen können«, murmelte sie.

»Ich fahr 'ne Sonderschicht«, versprach Papa. »Vielleicht gibt's auch mal wieder ein ordentliches Trinkgeld.«

Mama schüttelte den Kopf. »So meine ich das nicht. Sieh mal, wir dachten doch, Tante Sabine und ...«, sie räusperte sich kurz, »also Tante Sabine lädt uns ein. Deshalb habe ich kein Geld mitgenommen, und du bestimmt auch nicht, oder?«

Papa prüfte seine Taschen und schüttelte den Kopf. Peinlich! Mama und Papa beschlossen, der Bedienung das Problem zu erklären.

»Da muss ich den Geschäftsführer holen«, meinte die Frau. »Dauert aber eine Weile. Der telefoniert gerade.«

Die Eltern fühlten sich sichtlich unwohl. »Ich verstehe nicht, warum ausgerechnet uns immer so blöde Sachen passieren müssen«, klagte Mama. »In anderen Familien geht doch alles glatt, bloß bei uns ...« Sie starrte den Mann im dunklen Anzug an, der auf uns zu kam.

»Ich fass es nicht«, murmelte Heinzi, und dann staunte auch ich.

»Guten Abend! Isch habe gehört, dass Sie ein kleines Problem haben«, Herbert Kleinschmitt deutete eine Verbeugung an. »Aber isch bitte Sie, wir kennen uns doch. Sie bezahlen einfach das nächste Mal.«

Ich glaube, die Eltern waren genauso überrascht wie wir Kinder, Herbert Kleinschmitt als Geschäftsführer hier zu sehen. Papa brauchte eine kleine Weile, bis er sich bedankt hatte.

»Aber keine Ursache«, sagte der Salamander, »und grüßen Sie meine Tante von mir, falls Sie sie heute noch sehen. Bei mir wird's bestimmt spät.«

»Ich glaube«, meinte Papa bei der Rückfahrt, »nein, ich befürchte, Tante Sabine hat den ganzen Abend in Eulers Waldgasthof gesessen und auf uns gewartet. Vielleicht sollten wir dort schnell vorbeifahren und nachgucken.«

Aber Mama hatte die Nase voll. »Nein danke, wir haben uns heute schon genug blamiert.«

Die Stimmung war ziemlich gereizt. Dabei hatte ich selber jede Menge Probleme. Sollte ich überhaupt morgen früh noch einmal Zeitungen austragen? Wie sollte das weitergehen?

»Ich komm nachher noch schnell zu euch rüber!«, flüsterte mir Ev zu, als wir unsere Wohnung betraten. »Ich hab 'ne Idee. Morgen früh sollten ...«

Weiter kam sie nicht. Papa stand vor dem Kalender in der Küche und lachte schallend. »Seht euch das mal an!«

»Hab ich doch Recht gehabt?« Mama wirkte sehr zufrieden. »So blöd bin ich doch nicht, ich wusste genau, dass wir in den Landgasthof kommen sollten und nicht in Eulers Waldgaststätte.«

»Ja, ja, das war schon richtig. Hier steht Landgasthof, 19 Uhr. Aber du hast dich leider im Datum geirrt. Übermorgen Abend, meine Liebe, übermorgen Abend sind wir dort verabredet. Na, mir soll's recht sein, der Schinkenteller war ausgezeichnet und preiswert.«

Ein bisschen tat mir Mama Leid. Eigentlich hätten wir uns so was schon denken können. Zu oft schon war es vorgekommen, dass Mama mit Ev oder mir bei irgendwelchen Zahnärzten, Frisören oder Kinderärzten stand, völlig abgehetzt, um dann zu erfahren, dass sie sich leider im Tag geirrt hatte.

8

»Wir müssen jetzt endlich die richtigen Waffen einsetzen«, sagte Ev mit wichtiger Miene, als sie kurze Zeit später zu uns ins Zimmer gehuscht war.

Heinzi sah sie erschrocken an. »Waffen?«, fragte er.

»Nimm doch nicht alles so wörtlich. Ich meine, dass es jetzt Zeit wird, dass etwas passiert. David sitzt in der Klemme, das hast du doch sicherlich bemerkt!«

Heinzi sah ziemlich ratlos aus. Dann hielt Ev uns einen langen Vortrag, bei dem Heinzi und ich keine Ahnung hatten, worauf sie hinauswollte. Sie wusste es vermutlich selbst nicht. Als sie fertig war, entstand eine längere Pause.

»Welche Idee hattest du denn?«, erkundigte ich mich vorsichtig.

Ev zuckte mit den Schultern. »War nicht so toll. Vergiss es!«

Wir schwiegen uns an.

Am liebsten hätte ich mich am nächsten Morgen bei der Zeitungsauslieferung krank gemeldet.

»Bloß nicht!«, sagte Ev entsetzt, als ich ihr das erzählte. »Damit machst du dich erst richtig verdächtig. Trag die Zeitungen aus und verhalte dich völlig normal.«

Ev hatte gut reden. Ich saß ja schließlich in der Klemme und nicht sie.

Hätte ich bloß nie mit diesem Job angefangen, überlegte ich, als ich frühmorgens unterwegs war. Vielleicht sollte ich Heinzi bitten Kripo-Schneckenburger zu benachrichtigen. Der könnte doch sicher helfen. Ob ich den Eltern alles erzählen sollte? Am liebsten hätte ich die Zeitung bei Dr. Frischbach nur über den Gartenzaun geworfen, aber Ärger wegen schlampiger Auslieferung wollte ich nicht riskieren. So klemmte ich die Zeitung an Dr. Frischbachs Türgriff und atmete erleichtert auf, als ich das Grundstück verlassen hatte. Wenigstens war nichts Schlimmes passiert.

Ziemlich niedergeschlagen trabte ich am Mittag von der Schule nach Hause. Vom Unterricht hatte ich wenig mitbekommen. Mich beschäftigten ganz andere Dinge. Wie konnte ich beweisen, dass ich mit den Einbrüchen im Dichterviertel nichts zu tun hatte?

Im Vorgarten kniete die Kleinschmitt und schnippelte mit wahrer Hingabe – wahrscheinlich mit der Nagelschere – an irgendwelchen Ziergräsern rum. Ich würdigte sie keines Blickes.

»Putz dir gefälligst die Schuhe ab, ich hab schließlich frisch gewischt«, rief sie hinter mir her. Phänomenal, die Frau musste hinten Augen haben.

»Was will denn die Kleinschmitt schon wieder?«, erkundigte sich Mama, die mich oben an der Tür erwartete. Ich zeigte auf meine Schuhe und sah sie viel sagend an. Mama schimpfte kein bisschen, obwohl meine Schuhe schlimm aussahen. Nein, sie strahlte sogar. Warum strahlt meine Mutter, wenn ich Frau Kleinschmitts frisch geputzte Treppe verdrecke, dachte ich.

»Setzt euch mal hin!«, forderte sie Heinzi, Ev und mich auf und wir setzten uns artig neben Papa auf das Sofa.

»Haben wir im Lotto gewonnen, oder warum strahlst du wie ein Honigkuchenpferd?«, erkundigte sich Papa.

»Erstens spielen wir nicht Lotto. Zweitens weißt du gar nicht, wie ein Honigkuchenpferd strahlt. Und drittens hat uns Herr Müller den Mietvertrag für sein Häuschen geschickt.« Sie schwenkte glücklich einen Briefumschlag, auf den jemand mit altmodischer Schrift *»An Familie Zimtröter«* geschrieben hatte.

»Er schreibt hier«, Mama kniff die Augen leicht zusammen und las vor: »Das Haus freut sich auf Sie alle. Es wird Zeit, dass hier wieder Kinderlachen durch die Räume schallt. Seien Sie nett zu dem Haus, es sind schöne Erinnerungen in ihm.«

Mama zwinkerte. Ich glaube, sie war ziemlich gerührt. »Ist das nicht reizend? Ich glaube, wir werden uns dort sehr wohl fühlen.«

Für einen kleinen Moment vergaß ich meine Sorgen. Es war einfach herrlich sich vorzustellen, wie wir wohnen würden – das kleine Häuschen, der schöne Garten mit den alten Bäumen. In Gedanken sah ich mich schon in meinem Baumhaus sitzen. Im Winter würde ich einen Schneemann vor dem Haus bauen, im Sommer in der Hängematte liegen und faul den Wolken nachgucken.

»Die Nachbarin, die wir schon kennen gelernt haben – ihr erinnert euch doch an die alte Frau am Fenster –, sie ist völlig harmlos, nur ein bisschen redselig, macht sich eben wichtig. Ich habe mit Herrn Müller im Altersheim telefoniert und mich erkundigt. Im Nachbarhaus wohnt ein gewisser Dr. Fischbar oder so ähnlich. Über den konnte Herr Müller mir nichts sagen. Aber er meinte, die meisten in der Straße seien ganz freundlich und wir würden uns dort bestimmt gut einleben. Am ersten Oktober ziehen wir um.« Mama strahlte immer noch.

Wahrscheinlich fiel es nicht weiter auf, dass ich als einziger nicht glücklich aussah. Ev würde mit den Eltern in das Häuschen einziehen, Heinzi und Tante Sabine würden sie dort besuchen, aber wo würde ich sein? Käme ich ins Gefängnis oder ins Erziehungsheim? Papa hatte sich schon oft genug über Fälle aufgeregt, in denen Leute zu Unrecht verurteilt wurden. Ein Mann war sogar mal sechzehn Jahre im Gefängnis gesessen, fiel mir ein, nur weil der Richter sich geirrt hatte. Mir wurde ganz schlecht bei dem Gedanken und ich merkte, wie mir die Tränen in die Augen stiegen. Ich stritt mich zwar oft mit Ev und ärgerte mich auch manchmal über Mama und Papa, aber ich wollte doch bei ihnen bleiben.

»Ach, David, du musst doch nicht weinen!« Papa hatte mich in den Arm genommen. »Siehst du, Ende gut, alles gut.« Er wunderte sich, dass ich jetzt erst recht losheulte.

Den ganzen Nachmittag saßen Ev, Heinzi und ich in meinem Zimmer und überlegten. »Salamander hat was damit zu tun, da bin ich ganz sicher«, sagte Ev immer wieder und malte Kringel auf ein Blatt Papier. »Wir müssen ihn nur überführen.« Sie malte ein dickes Ausrufezeichen.

In dieser Nacht hatte ich Alpträume. Genau kann ich mich zwar nicht mehr erinnern, aber dass das städtische Gefängnis eine wichtige Rolle dabei spielte, weiß ich noch. Meine Klassenkameraden brachten mir meine Mathearbeit vorbei – es war natürlich eine glatte Sechs – und der Direktor des Gefängnisses meinte, ich würde für die nächsten Wochen auf Wasser und Brot gesetzt werden. Wie gut, dass ich im Landgasthof noch ziemlich viel gegessen hatte. Der Gefängnisdirektor sah aus wie Salamander und flüsterte mir ständig ins Ohr, dass ich endlich aufstehen sollte.

Es dauerte eine ganze Weile, bis ich kapierte, dass nicht der Gefängnisdirektor, sondern Ev neben meinem Bett stand und versuchte mich zu wecken.

»Los, steh auf, du musst doch Zeitungen austragen!« Ev rannte zu Heinzis Matratze und schüttelte ihn. »Los, aufstehen!«

Es dauerte noch etwas länger, bis auch Heinzi wach war, und dann erklärte uns Ev, dass wir heute alle zusammen die Zeitungen austragen sollten. »Damit ist David geschützt. Falls ihn wieder jemand verdächtigt.«

Zu dritt radelten wir los.

»Hoffentlich entdecken eure Eltern nicht die leeren Betten«, sorgte sich Heinzi.

Ev lachte nur. »Das ist im Moment unsere kleinste Sorge.«

Wie in den vergangenen Tagen waren auch heute die Straßen menschenleer. Beim ersten Austragen war mir deswegen ein wenig unheimlich gewesen, erinnerte ich mich.

Schon nach einigen Minuten erkundigte sich Heinzi: »Wohin müssen wir denn jetzt? Und wie weit ist es überhaupt?«

Ev und ich warfen uns einen kurzen Blick zu. War es eine gute Idee gewesen Heinzi mitzunehmen? Aber jetzt konnten wir ihn ja nicht allein zurückschicken.

»Wir gehen jetzt erst zur Auslieferung«, klärte ich ihn auf. »Da krieg ich alle Zeitungen, die ich verteilen muss, und dann geht die Arbeit richtig los.«

Die Frau bei der Auslieferung staunte nicht schlecht, als sie uns drei sah. »David, ich muss mit dir reden. Ich habe einen Anruf erhalten«, sagte sie. »Aber wir machen das später in Ruhe. Komm nachher noch mal hier vorbei!«

Bestimmt die alte Frau von vorgestern, überlegte ich mir. Jetzt fängt der Ärger richtig an. Am liebsten hätte ich die ganzen Zeitungen in den nächsten Vorgarten geworfen und wäre nach Hause gerannt, aber es half nichts. Ev zog mich am Ärmel und meinte so was wie »Jetzt komm, lass den Kopf nicht hängen« und Heinzi boxte mich leicht gegen die Schulter. Wenn die meine Sorgen gehabt hätten!

Ein leichter Regen hatte eingesetzt und wir bemühten uns die Zeitungen ordentlich in die Briefkästen zu stecken. Beschwerden wegen nasser Zeitungen wollte ich jetzt nicht riskieren.

»In die Straße ziehen wir doch«, sagte Ev plötzlich. »Da ist unser Häuschen!« Sie blickte sehnsüchtig nach dem Haus am Ende der Straße.

»Und hier wohnt Doktor Frischbach«, erklärte ich.

»Vorsicht! Das Gartentor darf nur leise geöffnet werden.« Ev sah mich fragend an. »Wahrscheinlich hat Doktor Frischbach einen anstrengenden Arbeitstag hinter sich und braucht seine Nachtruhe. Immerhin ist es erst …« Im schwachen Schein der Straßenlaterne versuchte ich die Uhrzeit auf meiner Armbanduhr zu erkennen. »… erst kurz vor fünf.«

Extra leise öffneten wir das Tor und schlichen den Plattenweg hoch. »Ich finde es hier ziemlich unheimlich«, gestand Heinzi. »Die Tannen sehen so finster aus.«

»Hier stand der Salamander«, flüsterte ich. »Könnt ihr euch vorstellen, welchen Schreck ich bekam?«

»Wo ist denn hier der Briefkasten?«, flüsterte Heinzi. Er wollte mir die Arbeit erleichtern und hatte schon die nächste Zeitung aus meiner Tasche geholt.

»Hier gibt's keinen Briefkasten«, flüsterte ich zurück. »Ich klemme die Zeitung immer hier an den Türgriff.«

Heinzi nickte und faltete die Zeitung mehrmals. Durch die Sonderbeilage zum Stadtfest war sie dicker als sonst, und so war es nicht ganz einfach sie an die Haustürklinke zu stecken.

»Sei doch vorsichtig!«, raunte Ev. »Hier muss man leise sein.«

Aber es war schon zu spät. Mit einem vernehmlichen Knarren öffnete sich die schwere Eichentür einen Spalt weit. Aber niemand hatte geöffnet – die Tür war wie von Geisterhand aufgegangen.

»Oh, wie peinlich«, murmelte Ev und zog die Tür wieder zu. »Bloß schnell weg hier, das sieht ja direkt nach Einbruchsversuch aus.« Sie zog Heinzi und mich in höchster Eile den Plattenweg hinunter, zurück zur Straße.

»So 'ne teure Villa, aber keine Alarmanlage. Und die Tür geht von selbst auf. Dieser Frischbach braucht sich nicht zu wundern, wenn bei ihm eingebrochen wird.« Ev schüttelte den Kopf.

Heinzi streckte wie in der Schule. »Ich kann mir denken, weshalb die Tür aufging. Da gibt es so ein Rädchen am Türschloss, das kann man verstellen. Dann lässt sich die Tür einfach von außen aufdrücken. Meine Mutter macht das manchmal, wenn sie mal kurz aus dem Haus muss und keine Lust hat einen Schlüssel mitzunehmen. Das ist natürlich gefährlich, man vergisst leicht, dass man ... Sag mal, David, was ist mit dir los?«

Ich hatte ihm kaum zugehört. Zu schockiert war ich noch von dem, was ich in der Diele gesehen hatte.

»Ihr könnt euch nicht vorstellen, was ich eben entdeckt habe«, fing ich an.

Ev tippte auf die Uhr. »Es ist gleich fünf, erzähl's uns bitte später. Ich hab heute auch noch einiges vor.«

»Ralfs Fahrrad«, platzte ich heraus. »Ich hab ganz bestimmt Ralfs Fahrrad gesehen. Hundertprozentig, ich schwör's euch. Den Sattel mit dem bunten Fellbezug würde ich überall wieder erkennen. Das Fahrrad steht dort in der Eingangshalle bei Dr. Frischbach.«

»Und der Salamander saß daneben und hat Schinken aus der Metzgerei Beuchle gefuttert, was?« Ev glaubte mir nicht.

Auch Heinzi sah nicht sehr überzeugt aus. »Vielleicht hast du dir das nur eingebildet. Oder er hat das gleiche

Rad wie Ralf, das gibt's doch bestimmt hundertfach. Komm jetzt, wir müssen weiter, Ev hat schon Recht. Sonst merken eure Eltern noch, dass wir nicht in unseren Betten liegen.«

»Du solltest nachher doch noch mal zur Auslieferung, David«, erinnerte mich Ev.

Heute würde ich dort bestimmt nicht mehr vorbeigehen, schwor ich mir. Ich war stocksauer, als ich hinter den beiden her trottete. Es ist schlimm, wenn einem nicht geglaubt wird. Dabei war ich mir so sicher. Aber Ev und Heinzi waren nicht zu überzeugen. Wahrscheinlich waren sie nur zu müde. Heinzi jammerte schon die ganze Zeit, dass er sich kaum noch auf den Beinen halten könnte, und Ev sah auch nicht mehr taufrisch aus.

Wir waren alle drei äußerst froh, als wir kurz vor sieben leise in unsere Wohnung schlichen.

»Ich nehm noch 'ne Mütze voll Schlaf«, gähnte Heinzi. »Viel Spaß in der Schule!«

Am liebsten hätte ich was richtig Gemeines gesagt. Aber in diesem Moment öffnete sich die Badezimmertür. Papa streckte seinen zerzausten Kopf raus. »O Wunder, die Damen und Herren Kinder«, rief er verblüfft. »Und schon angezogen. Das trifft sich ja prima. Hör mal her, Heinzi, wenn David und Ev in der Schule sind, dann zeige ich dir, wie man einen Reifen wechselt. Du übst das einfach ein paarmal am Taxi. Tante Sabine wird sich garantiert freuen, wenn du dann Reifen wechseln kannst, meinst du nicht?«

Heinzi brachte nur ein lahmes »O prima« fertig. Wie gut, dass er mein Gesicht gerade nicht sah. Ich musste vor lauter Schadenfreude grinsen. Geschah ihm recht, ich konnte mich schließlich auch nicht ins Bett legen.

Ich hatte vor, wie jeden Tag, so auch heute in die Schule zu gehen. Aber ein Gedanke ließ mich während des ganzen Schulwegs nicht los. Ich wusste ganz genau, dass ich das Rad von Ralf in der alten Villa entdeckt hatte. Aber woher nahm ich meine Gewissheit?

Ev stieß mich in die Seite: »Sag mal, pennst du jetzt schon auf der Straße?«

«Du Ev, ich weiß ganz genau …«

Ev schlug sich vor die Stirn. »Ich hab die Bio-Hausaufgaben nicht. Mist! Wollte ich heute Morgen noch erledigen. Und jetzt haben wir gleich Bio!«

Wenn ich nicht jede Menge anderer Sorgen gehabt hätte, so hätte ich Mitleid mit Ev gehabt. Aber jetzt bot Evs Angst vor ihrem strengen Biolehrer eine Chance. »Komm, Ev«, schlug ich vor, »lass uns noch mal zu der Frischbach Villa gehen. Ich bin mir sicher, dass dort Ralfs Rad stand.«

Ev zögerte einen Moment. Halblaut rechnete sie. »In der ersten Bioarbeit eine Fünf, zweimal die Hausaufgaben vergessen, nein, ein drittes Mal kann ich mir das nicht leisten.« Sie sah mich entschlossen an. »Okay, ich komme mit. Aber zur großen Pause will ich wieder hier sein.«

In der großen Pause wollte sie wieder Lars anhimmeln, vermutete ich. »Sicher, bis dahin sind wir längst zurück«, beruhigte ich sie. Wie sollte ich auch ahnen, was noch alles passieren würde.

Aber erst mal mussten wir an Herrn Blöck vorbei.

Herr Blöck war unser neuer Biolehrer und nicht nur Ev hatte ziemliche Angst vor ihm. Das Beste an ihm war, dass seine Stunden nie 45 Minuten dauerten. Er kam immer zu spät und ging immer zu früh. Im Moment war er damit beschäftigt, sich dem letzten freien Parkplatz vor der Schule zu nähern. Auch ein Halbblinder hätte gesehen, dass dort höchstens ein Kinderwagen reinpasste, aber niemals der englische Sportwagen von Herrn Blöck. Der war auf alle Fälle beschäftigt. Vorsichtshalber drehten wir uns ein wenig zur Seite, als wir an seinem Auto vorbeikamen. Geschafft! Die Schule musste eben ohne uns auskommen. Es gab schließlich eine wichtigere Aufgabe.

»Lass uns mit dem Bus fahren«, schlug Ev vor. »Es ist einfach zu weit zu laufen.«

Aber als wir am Ernst-Tscheguever-Platz angekommen waren, stellten wir fest, dass der nächste Bus erst in zwanzig Minuten fuhr. Ev guckte ziemlich missmutig. Wahrscheinlich überlegte sie, ob sie auch pünktlich zur großen Pause wieder zurück sein würde.

»Wie stellst du dir das eigentlich vor?«, fragte sie. »Sollen wir in die Villa reinmarschieren, das Fahrrad schnappen und damit verschwinden, oder wie?«

So ähnlich hatte ich es mir tatsächlich vorgestellt, aber dass das ziemlich blödsinnig war, merkte ich jetzt auch.

»O Mann«, seufzte Ev, »wär ich doch besser zur Schule gegangen.«

Äußerst trübsinnig saßen wir auf einem Blumenkübel an der Bushaltestelle. Ev zupfte an den Blütenblättern einer Aster herum. Ich holte mein Vesperbrot aus meiner

Mappe. Vielleicht kam mir beim Essen ein brauchbarer Gedanke.

»Was macht ihr denn hier?«

Erschrocken sprangen wir auf. Heinzi guckte sehr erstaunt. »Ich denke, ihr seid in der Schule.«

»Und warum fährst du hier mit meinem Fahrrad in der Gegend rum?«, fragte ich.

Heinzi zeigte auf das Päckchen auf dem Gepäckträger. »Soll ich zur Post bringen. Dein Vater hat gesagt, ich krieg eine kleine Galgenfrist, bevor ich Reifen wechseln muss. Aber jetzt erzählt mal, was ihr hier macht.«

»Unser Bus kommt. Wir müssen los«, rief Ev. »Kommst du mit, Heinzi?«

Heinzi sah mich unschlüssig an. Dann, als Ev und ich schon im Bus waren, riss er das Päckchen vom Gepäckträger, stellte das Rad achtlos ab und winkte. »Ich komme mit.«

»Wohin fahren wir?«, fragte er, als er sich auf einen freien Sitz plumpsen ließ. »Was habt ihr denn vor?«

Ev fasste unseren Plan zusammen: »Die Schultaschen verstecken wir im Gebüsch. Du, Heinzi wartest vorsichtshalber an der Gartentür. David und ich gehen hoch und klingeln. Wenn jemand aufmacht, sagen wir, dass wir die Zeitungsboten sind und uns wegen der durchnässten Zeitung von neulich entschuldigen wollen. Wenn du etwas Verdächtiges bemerkst, Heinzi, dann pfeifst du dreimal kurz.«

Heinzi guckte etwas betreten. »Ich kann nicht pfeifen. Könnte ich vielleicht auch ein Lied singen?«

Ich nickte. »Hauptsache, wir klären die Sache mit dem

Rad. Wenn es das von Ralf ist, was ich stark vermute, dann wird Dr. Frischbach ziemliche Augen machen. Vielleicht hat er das Rad bei einem Hehler gekauft? Auf alle Fälle kann mir Ralf ganz schnell das Geld zurückgeben, wenn er sein Mountainbike wieder hat.«

»Oder dieser Dr. Frischbach hat es selber geklaut!«

Heinzi sah Ev schockiert an. »Hör mal, dieser Dr. Frischbach hat einen Doktortitel, eine riesige Villa mit einem Grundstück, das bald so groß wie ein Fußballplatz ist, und der soll Fahrräder stehlen. Das glaubst du doch selbst nicht.«

Vorsichtig versteckten wir unsere Schultaschen und das Päckchen, das eigentlich zur Post gebracht werden sollte, im dichten Gesträuch neben dem Grundstück Dr. Frischbachs. Die Straße war menschenleer. Von der neugierigen alten Frau war nichts zu entdecken.

»Also, wir gehen mal.« Ev sah auf ihre Uhr. »Beeil dich, David!«

Die Villa, die mir morgens im Halbdunkel immer einen leisen Schrecken einjagte, wirkte jetzt bei Tageslicht völlig harmlos. »Sollen wir probieren, ob die Tür wieder aufgeht?«, fragte ich Ev flüsternd, als wir vor der schweren Eichentür standen.

Ev schüttelte den Kopf. »Besser erst klingeln.«

Zwei messingfarbene, blank polierte Namensschilder waren neben der Klingel angebracht. Auf einem stand *Dr. Frischbach,* auf dem anderen *FRIMEX Import / Export.*

9

Wir klingelten zwei- oder dreimal, aber nichts rührte sich. Auch die Haustür ließ sich nicht aufdrücken.

»Bleib du hier!«, befahl Ev. »Ich guck mir den Plattenweg an, der ums Haus führt.«

Bevor ich etwas entgegnen konnte, war Ev auch schon verschwunden. Wieder drückte ich auf den Klingelknopf. Nichts rührte sich. Vielleicht war durch das vergitterte Fensterchen neben der Haustür etwas zu entdecken? Ich stellte mich auf eine Blumenschale mit halbverwelkten Sommerblumen und konnte gerade noch rechtzeitig wieder herunterspringen, als ich merkte, dass von innen die Tür geöffnet wurde.

»Was willst du denn?« Der Mann, der die Tür einen Spalt breit geöffnet hatte, trug einen schweren, dunklen Morgenmantel. Seine Gesichtszüge waren kaum zu erkennen, denn im Innern des Hauses schien es dunkel zu sein. Wahrscheinlich hatte er noch geschlafen und erst jetzt das Klingeln gehört. »Was willst du denn?«, fragte er nochmals.

»Ich komme wegen …«, stotterte ich. Verflixt, was sollte ich denn sagen? »Also wegen der Zeitung komme ich«, wiederholte ich. Solange der Typ die Tür nicht weiter aufmachte, konnte ich von dem Fahrrad überhaupt nichts sehen.

Der Mann machte eine abweisende Handbewegung. »Ich kaufe keine Zeitungen, und schon gar nicht an der Tür.« Gleich würde er die Tür zumachen.

Ev! Gott sei Dank tauchte gerade Ev auf. Sie setzte ihr strahlendstes Lächeln auf. »Wir wollen uns nur entschuldigen. Es tut uns so schrecklich Leid, dass die Zeitung neulich morgens nass wurde. Wir möchten Ihnen deshalb einen Gutschein geben. Sie müssen uns nur bestätigen, dass wir hier waren. Wir kriegen sonst ziemlichen Ärger mit unserer Chefin und dann sind wir unseren Job los. Das mit dem Regen soll auch nicht mehr vorkommen.«

Ev redete wie ein Wasserfall. Dr. Frischbach knurrte so viel wie: »Na gut, dann wartet halt«. Er wandte sich um, wahrscheinlich, um ein Blatt Papier zu holen.

Das war *die* Gelegenheit. Frechheit siegt, das hatte Ev mal wieder bestätigt. »Komm!«, flüsterte ich. »Jetzt oder nie!«

Entschlossen öffneten wir die angelehnte Haustür. Ein Blick genügte. Wortlos zeigte Ev auf das Mountainbike, das neben den vielen Antiquitäten hier im Flur ziemlich deplaziert wirkte. »Und?«

Ich nickte heftig. Sogar das Computerschloss war noch dran. Auf einer zierlichen Kommode stand ein Computer mit laufendem Monitor. Daneben lagen mindestens fünf kleine Schachteln. Ein ziemliches Durcheinander, fand ich.

»Ich habe hier bescheinigt, dass ihr euch entschuldigt

habt«, ertönte die Stimme von Dr. Frischbach. »Wer hat euch überhaupt erlaubt reinzukommen?«

Ev ignorierte seine Frage. »Sie haben es wunderschön. Diese kostbaren alten Dinge. Das ist ja ein richtiges Museum.«

Dr. Frischbach lächelte geschmeichelt. »Nun, ich glaube nicht, dass ihr zwei allzu viel davon versteht, aber tatsächlich gibt es einige Museen, die mich um meine Kunstgegenstände beneiden. Vor allem interessieren sie sich für die Bilder!«

Er knipste die Deckenbeleuchtung an und deutete mit Besitzerstolz auf ein Bild mit Goldrahmen. »Ein echter Gaugas, Ende 19. Jahrhundert.«

Aber Ev und ich schauten nicht auf die Heidelandschaft mit Schafen, wir starrten Dr. Frischbach an. Den Mann kannten wir doch! Er holte immer eine von Frau Kleinschmitts Kaffeefreundinnen ab. Sollte es da vielleicht eine Verbindung geben? Auch Ev runzelte die Stirn. Ich glaube, sie hatte ähnliche Gedanken.

»Wie dem auch sei, ihr geht jetzt wieder«, beendete Dr. Frischbach seinen Vortrag. Er kramte in seiner Geldbörse und holte ein Fünfmarkstück heraus. »Teilt euch das! Den Gutschein legt ihr mir in die nächste Zeitung.«

Er wollte noch etwas sagen, aber die Türklingel unterbrach ihn. Da ich direkt neben der Tür stand, öffnete ich schnell.

»Und? Ist es Ralfs Rad?«, platzte Heinzi heraus. Erst dann nahm er Dr. Frischbach wahr. »Ich meine, äh …« Heinzi stotterte ziemlich herum, aber es war schon zu spät.

»Die Stimmen kenn isch doch«, sagte jemand, und die Stimme kannten wir auch. Herbert Kleinschmitt stand an der Treppe zum oberen Stockwerk.

Dr. Frischbach schien kein bisschen erstaunt über sein Auftauchen zu sein. »Bist du fertig?«, fragte er kurz.

Herbert Kleinschmitt nickte. »Und was ist mit den Kindern hier?«

Salamander, der sich hier anscheinend ganz zu Hause fühlte, schloss die Eingangstür. »Die drei wohnen bei Tantschen im Haus und spionieren mir schon eine ganze Weile nach. Wahrscheinlisch haben die auch mein Adressbuch.«

Dr. Frischbach nahm seine Brille ab und musterte uns nachdenklich. »Was wollt ihr wirklich hier? Wer hat euch geschickt? Raus mit der Sprache!«

»Herr Dr. Frischbach!«, Herbert Kleinschmitts Stimme überschlug sich fast. »Die sind neulich sogar im Landgasthof aufgetaucht. Die könnten uns gefährlisch werden, wenn die zur Polizei rennen!«

Dr. Frischbach verzog unwillig das Gesicht. »Nur ruhig, Herbert. Also Kinder, jetzt seid ihr dran.«

Der arme Heinzi schwitzte vor Aufregung. Eigentlich war er an diesem ganzen Schlamassel schuld. Hätte er nicht so vorlaut was von Ralfs Rad gesagt, dann hätten wir schon längst über alle Berge sein können. Ev kniff die Lippen zusammen. Ich versuchte mich an einer lahmen Ausrede, aber die beiden Männer waren nicht zu überzeugen.

»Eusch werd isch's zeigen, die Nase in fremder Leute Angelegenheiten stecken«, schäumte der Salamander. Vor lauter Aufregung hatte er rote Flecken im Gesicht. »Was machen wir mit denen, Chef?«

Aha, so waren die Verhältnisse! Frischbach war der Chef und Kleinschmitt war wohl für die Dreckarbeit zuständig.

»Im Haus können sie nicht bleiben, sie müssen weg«, entschied Dr. Frischbach.

»Hören Sie her, das ist Freiheitsberaubung, wenn Sie das machen«, protestierte Ev mit zitternder Stimme. »Wir gehen bestimmt nicht zur Polizei und das Rad gehört auch gar nicht Ralf ...«

Dr. Frischbach runzelte die Stirn. »Herbert, du bringst sie zum Auto, du weißt schon!«

Der Salamander grüßte militärisch, als Dr. Frischbach die Treppe hoch ging.

»Wenn einer von euch abhaut, dann ...!« Der Salamander machte dabei ein Gesicht wie Eddy im Horrorfilm und drängte Heinzi und mich durch eine Tür in ein kleines Nebenzimmer. Ev, die sich heftig sträubte, zog er hinter sich her. Eine Tür knallte und dann war es wieder still.

Neben mir schluchzte Heinzi: »Es war mein Fehler, was machen wir jetzt bloß? Was haben die vor?«

Der Raum, in dem wir eingesperrt waren, war völlig leer. Ziemlich weit oben befand sich eine Fensterluke, die aber vergittert war. Und was geschah mit Ev? Hätte ich bloß nie die blödsinnige Idee gehabt hier herumzuspionieren. Wann würden uns Mama und Papa vermissen? Wann ...

Die Tür wurde aufgerissen. Der Salamander hatte Schweißtropfen auf der Stirn. »Dalli, dalli!«, herrschte er mich an. Er zeigte auf einen riesigen Umzugskarton. »Da rein, aber schnell. Und du wartest hier«, wies er Heinzi an, der heulend dastand.

Resigniert kroch ich in den Karton. Der Salamander klappte ihn zu. Dann spürte ich, wie ich hochgehoben und ziemlich schwankend getragen wurde. Kurze Zeit später wurde der Karton unsanft abgesetzt. Wenn ich richtig mitgedacht hatte, musste ich mich jetzt draußen auf der Straße befinden. Sollte ich schreien? Aber ich verwarf den Gedanken sofort wieder. Wer würde mich in dieser menschenleeren Straße schon hören. Und womöglich würde ich damit Ev und Heinzi gefährden.

Die Kiste wurde geöffnet, ich stieg aus und wurde sofort in einen Lieferwagen gestoßen. Die Tür fiel zu. Im Dämmerlicht sah ich Ev. Sie sagte: »Schöner Mist, was machen wir jetzt?«

Wie gut, dass ich nicht allein war. »Warum macht sich der Salamander die Mühe uns in großen Kartons herumzuschleppen?«, fragte ich sie.

»Hier gibt's doch die neugierige alte Frau«, mutmaßte Ev. »Vielleicht hat er Angst, dass die was mitkriegt. Oder meinst du, Herbert Kleinschmitt will Muskeln kriegen?«

»Komm, lass uns schreien!«, schlug ich nach einer Weile vor.

»Zwecklos«, sagte Ev, »der Salamander hat gesagt, der Lieferwagen sei super isoliert, und das kann man ihm ausnahmsweise glauben. Außerdem ist draußen sowieso kein Mensch.«

Wieder wurde die Tür aufgerissen, Heinzi torkelte herein und dann setzte sich der Lieferwagen in Bewegung.

Wir drei saßen auf dem Boden und hielten uns an den Händen. Was hatte der Salamander nur mit uns vor? Heinzi heulte immer noch. Mit Schrecken fiel mir ein, dass irgendwann der Sauerstoff knapp werden würde. Mussten wir ersticken? Wir würden Mama und Papa nie wiedersehen. Ich merkte, dass jetzt auch mir die Tränen kamen. Hätten wir bloß nie mit der Detektivspielerei angefangen!

Herbert Kleinschmitt fuhr wie ein Wilder. In den Kurven wurden wir hin- und hergeschleudert, bis das Auto plötzlich hart bremste. Undeutlich hörten wir Stimmen. Der Lieferwagen war kein bisschen schalldicht. Aber jetzt war es zu spät, um um Hilfe zu schreien. Wahrscheinlich übergab uns Herbert Kleinschmitt an den nächsten Ganoven, vielleicht wollte er sich selbst die Finger nicht schmutzig machen. Die Stimmen draußen wurden lauter, aber noch immer konnten wir kein Wort verstehen. Wir hörten, wie ein Vorhängeschloss geöffnet wurde. Dann ging die Laderampe auf. Geblendet kniff ich die Augen zusammen.

»Was macht ihr denn hier?«, fragte eine Stimme ungläubig. »Die Frau hat wohl doch Recht gehabt.«

Zwei Polizisten in Uniform standen staunend vor dem Lieferwagen. Benommen kletterten wir nach draußen. Hasserfüllt sah Herbert Kleinschmitt uns an. Er machte eine rasche Handbewegung, aber einer der Polizisten nahm ihn gleich in den Polizeigriff. »Das Bürschchen bringen wir zur Wache. Da wird er uns Einiges erzählen. Ihr drei kommt auch erst mal mit.«

Den Rest des Vormittags verbrachten wir auf dem Polizeirevier, bis wir unsere ganze Geschichte erzählt hatten. Zuerst hatte einer der Polizisten bei dem Namen Dr. Frischbach ungläubig gelacht. Aber ein zweiter Polizist zeigte sich sehr interessiert. »Einen Verdacht haben wir schon lange. Jetzt müsste es für einen Hausdurchsuchungsbefehl reichen. Übrigens, ihr dürft gleich eure Eltern anrufen, damit die sich keine unnötigen Sorgen machen.«

»Wie kamen Sie denn auf diesen Lastwagen?«, erkundigte ich mich. »War das eine Routinekontrolle?«

Der Polizist schüttelte den Kopf. »Nein, ganz und gar nicht. Wir erhielten einen Anruf von einer alten Frau, die uns schon seit einiger Zeit mit allen möglichen Verdächtigungen eindeckt. Sie meldete, dass drei Kinder die Villa von Dr. Frischbach betreten hätten. Eines der Kinder habe ausgesehen wie der Zeitungsbote. Dann seien drei große Kartons mit einem weißen LKW abtransportiert worden. Wenn wir der Sache nicht sofort nachgingen, würde sie sich an die Presse wenden. Da mussten wir den Hinweis überprüfen.«

»Das war bestimmt die Nachbarin!«, mutmaßte Ev. »Manchmal ist eine neugierige Nachbarin doch ganz gut.«

Kurze Zeit später kam einer der Polizisten zufrieden zurück. »Der Vogel wollte gerade das Nest verlassen. Wir haben jede Menge Diebesgut sichergestellt. Wertvollen Schmuck, Computer, na, die ganze Palette eben.«

Mama und Papa holten uns auf dem Polizeirevier ab. »Was macht ihr nur für Sachen?«, sagte Mama immer wieder. Auch Papa seufzte sorgenvoll. »Könnt ihr nicht mal wie andere Kinder mit Puppenküche und Eisenbahn spielen?«

»Oder Hausaufgaben erledigen«, schlug Mama vor.

»Oh, verflixt, unsere Schultaschen!«, sagte ich.

Der Polizist, der uns eben ein Protokoll zum Unterschreiben brachte, lachte. »Wir haben das Grundstück von Dr. Frischbach natürlich durchgekämmt und auch das Grundstück daneben. Dass die beiden Schulmappen und dieses Päckchen nicht zum Diebesgut gehören, war uns schnell klar. So, und jetzt ab mit euch. Nächstes Mal meldet ihr euch sofort, wenn euch etwas Verdächtiges auffällt. Das hätte schlimm ausgehen können.« Er setzte ein ernstes Gesicht auf. »Herbert Kleinschmitt ist eigentlich nur ein kleiner Fisch. Er macht die Dreckarbeit und spioniert günstige Gelegenheiten aus. Der Drahtzieher im Hintergrund ist Doktor Ludwig Frischbach. Er hat noch ein paar kleine Ganoven im ganzen Bundesgebiet an der Hand. Wirklich interessiert ist er nur an Antiquitäten und Schmuck. Die anderen Diebstähle wie Fahrräder, Computer und Schinken«, er feixte einen Moment lang, »waren lediglich Ablenkungsmanöver. Gleichzeitig hat sich Herbert Kleinschmitt damit ein Zubrot verdient, indem er den Schinken im Landgasthof billig anbot. Der Gasthof gehört übrigens Dr. Frischbach. Von dort aus liefen die schmutzigen Geschäfte. Dr. Frischbach hatte nach außen hin immer eine saubere Weste. Fast jeder ließ sich von seiner Villa und seinem Doktortitel beeindrucken.«

»Ist der Titel wenigstens echt?«, erkundigte sich Papa.

Der Polizist lachte und sagte: »Wir prüfen das.«

Dann schickte er uns Kinder hinaus, um noch einen Moment mit den Eltern allein zu reden.

Anschließend bestürmten uns die Eltern im Auto mit Fragen und so mussten wir die ganze Geschichte ein zweites Mal erzählen.

»Dann kriegt Ralf sein Fahrrad zurück und wir unser Geld von Ralfs Vater«, schloss ich nach einer Weile. »Kann ich mir dann von dem Geld ein Rad kaufen?« Ich wollte unbedingt bei der Radtour unserer Klasse dabei sein. Plötzlich war mir das Supermountainbike gar nicht mehr wichtig. Ein normales Tourenrad tut es doch auch, dachte ich mir. Das wird bestimmt nicht so schnell geklaut.

Mama drehte sich zu mir um. »Ja, David, kauf dir ein Fahrrad!« Ihre Stimme klang, als würde sie Tränen unterdrücken. »Außerdem müssen wir uns bei euch entschuldigen. Ihr hattet völlig Recht mit dem Einbrecher. Herbert Kleinschmitt wollte uns alle aus dem Haus locken, um ein Adressbuch zu suchen, das er wohl bei uns in der Wohnung verloren hat. Dieses Adressbuch war für ihn sehr wichtig, weil dort alle Häuser, in die er einbrechen sollte, notiert waren. In unsere Wohnung zu gelangen war kein Problem für ihn. Schließlich hat Frau Kleinschmitt einen Schlüssel dafür. Herbert Kleinschmitt hat diesen Einbruch gleich gestanden. Vielleicht erhofft er sich mildernde Umstände. Wenn ich daran denke, was alles hätte passieren können …« Sie schluchzte vernehmlich.

»Ich vermute, wir können heute Abend gar nicht in den Landgasthof«, sagte Papa, als er vor dem Haus von Frau

Kleinschmitt einparkte. »Der hat doch jetzt sicherlich erst mal geschlossen.« Ich konnte in seiner Stimme leises Bedauern hören. Es musste ihm dort sehr gut geschmeckt haben.

Mama hatte sich wieder gefasst; sie lachte. »Kein Problem, mein Lieber, wenn heute Abend Tante Sabine und Herr Schneckenburger kommen ...« Sie schlug sich die Hand auf den Mund. »Oh, tut mir Leid, Heinzi, das sollte eine Überraschung sein. Für alle Fälle hab ich noch einiges von dieser pikanten Schwarzwurzel-Tofu-Speise eingefroren. Dann tauen wir die einfach auf.«

Papa, Ev und ich bekamen trübsinnige Mienen. Nur Heinzi, der den Schrecken dieser Mahlzeit nur vom Hörensagen kannte, hatte ein anderes Problem: »Welcher Schneckenburger kommt denn mit? Mathe oder Kripo?«

Mama überlegte. »Na, ich will noch nicht alles verraten. Lass dich einfach überraschen! Wer wäre dir denn lieber?«

Heinzi runzelte die Stirn. »Während der Ferien finde ich Kripo-Schneckenburger besser. In der Schulzeit dann Mathe-Schneckenburger.«

Beim Aussteigen wandte Mama sich an mich. »Übrigens kam heute Mittag ein Anruf von der Zeitungsauslieferung. Sag mal, David, hast du tatsächlich die ganze Woche dort gejobbt, ohne dass dein Vater oder ich es bemerkt haben?« Sie schüttelte den Kopf. »Ich war schockiert nach diesem Anruf. Was machen meine Kinder eigentlich noch alles, ohne mir etwas davon zu sagen?«

Papa räusperte sich.« Bei der Auslieferung sind sie dort recht zufrieden mit dir, David, und wollen wissen, ob du weitermachen willst. Mama ist dagegen, dass du vor dem Unterricht arbeitest. Aber in den Ferien …«

Ich hatte, ehrlich gesagt, auch keine Lust mehr jeden Morgen so früh aufzustehen. Aber bevor ich etwas sagen konnte, stieß Ev einen leisen Schrei aus. »Was will die denn jetzt!?«

Im Vorgarten stand Frau Kleinschmitt. Mama blickte sie abwartend an.

»Guten Tag, Herr und Frau Zimtröter«, fing die Kleinschmitt an. »Es haben sich ganz neue Umstände ergeben. Mein Neffe zieht jetzt doch nicht hier ein. Ich nehme die Kündigung zurück. Sie dürfen hier wohnen bleiben.«

Ich konnte mir nicht verkneifen zu fragen: »Wo wohnt denn der Herr Geschäftsführer jetzt?«

Papa sah mich missbilligend an. Die Kleinschmitt hüstelte und meinte, die Sache würde sich schon noch als Irrtum herausstellen. Man wisse doch, was für ein untadeliger Mensch Herbert sei.

»Was die Kündigung betrifft«, unterbrach Mama, »Frau Kleinschmitt, die akzeptieren wir selbstverständlich. Wir ziehen in drei Wochen aus, wie es vereinbart war. Guten Tag!«

Sie grinste Frau Kleinschmitt an und schloss dann die Eingangstür.

Papa meinte zufrieden: »Da, wo wir jetzt hinziehen, ist es herrlich ruhig, da passiert bestimmt nichts Aufregendes.«

Ich zwinkerte Ev und Heinzi zu. Man wird sehen, dachte ich.

Eine Verkettung von Umständen führte dazu, dass *Irene und Hans-Günther Zimmermann* im Herbst 1994 begannen, ihr erstes Kinderbuch zu schreiben. Erstens lesen sie beide seit frühester Kindheit mit Begeisterung spannende Bücher, zweitens denken sie sich gern Geschichten aus und drittens schreiben sie manche davon auf. Den endgültigen Anstoß aber gab ihr Sohn, der von einer Geschichte so lange Fortsetzungen forderte, bis ein dickes Manuskript daraus geworden war: »Das tolle Trio jagt den Hamster«.

Zimmermann & Zimmermann leben mit ihren beiden Söhnen und einer Katze in Baden-Baden.

Bereits bei Thienemann erschienen:
Karlchen macht das Rennen
Das tolle Trio jagt den Hamster
Das tolle Trio jagt die Elster
Das tolle Trio jagt das Faultier
Das tolle Trio jagt den Goldfisch
Mathe, Stress & Liebeskummer
Liebe, Chaos, Klassenfahrt
Küsse, Krisen, große Ferien
Schule, Frust & große Liebe

Zimmermann, Irene:
Das tolle Trio jagt den Salamander
ISBN 3 522 17084 9

Einband- und Innenillustrationen: Karoline Kehr
Einbandtypografie: Michael Kimmerle
Schrift: Stempel Garamond, Concept und Journal
Satz: KCS GmbH in Buchholz
Reproduktion: Repro Brüllmann in Stuttgart
Druck und Bindung: Friedrich Pustet in Regensburg

6 5 4 3 2* 01 02 03 04

Thienemann im Internet: www.thienemann.de

Tolle Abenteuer mit dem tollen Trio

Zimmermann & Zimmermann
Das tolle Trio jagt den Hamster
160 Seiten, ISBN 3 522 16948 4

Schon immer haben David und Ev Zimtröter ihren Cousin Heinzi als Beispiel vor die Nase gehalten bekommen. Und jetzt müssen sie für drei Monate zu ihm und seiner Mutter in ein Nest nach Bayern ziehen. Schlimmer hätte es kaum kommen können!
Aber bald finden die Geschwister heraus, dass hinter Heinzis Artigkeit ein Geheimnis steckt, das sie noch lange beschäftigen wird ...

Zimmermann & Zimmermann
Das tolle Trio jagt die Elster
160 Seiten, ISBN 3 522 17153 5

Endlich Ferien, freut sich David. Was kümmert ihn da noch die missglückte Bio-Arbeit? Er hat jetzt anderes im Kopf. Zum Beispiel einen neuen Fall.
Das tolle Trio – bestehend aus ihm, seiner Schwester Ev und seinem Cousin Heinzi – muss mal wieder aktiv werden. Denn im Altersheim, wo Opa Müller wohnt, passieren seltsame Dinge.

THIENEMANN